市ヶ谷碧人

CHARACTER
佐々木凛子

CONTENTS

MAINICHI SHINE SHINE ITTEKURU GIMAI

毎日死ね死ね言ってくる義妹が、俺が寝ている隙に催眠術で惚れさせようとしてくるんですけど……！２

田中ドリル

BRAVENOVEL
ブレイブ文庫

プロローグ

昼下がり。

都内某所。

俺は夏休みという期間を利用して、ドライブ文庫編集部応接室で、担当編集の吉沢《よしざわ》さんと新作の打ち合わせをしていた。

質素な応接室に並ぶいくつもの丸テーブル。

ここで新人作家もベテラン作家も打ち合わせをする。最近は電話で打ち合わせを済ませる作家さんも多いらしいけど、俺の場合はアナログの資料を用意して、直接会って打ち合わせをしている。

特にこだわりはないけれど、直接会ったほうがアイデアもたくさん出るような気がするのだ。

「市野《いちの》先生、いくつか質問してもいいですか？」

「……はい」

黒のパンツスーツに薄いメイクをした吉沢さんは、手元にある資料をまとめながら俺に問いかける。

「締め切りはいつまでですか？」

わずか十五文字にも満たない文章だが、これほどまでに作家の心にダメージを負わせる一言があるだろうか？

「……今日までです」

「前回の打ち合わせから、今日まで何日経過してますか？」

「い……一ヶ月くらいですかね」

「それで……どうして次回作のプロットがひとつも出来上がってないんですか？」

「……す、すみません」

もう謝ることしかできなかった。

毎日死ね死ね言ってくる義妹に、俺が催眠術にかかったフリをしていたことがバレただけでなく、あれからいろいろあって、もう正直小説のことなんて考えていられないくらい大変だった。

けれど、それは編集者である吉沢さんには関係のないことだ。

「まぁできていないものは仕方ないです。で、なぜプロットができていないんですか？　私の知っている市野先生は、質はともかく生産量だけなら群を抜いているはずですけど」

吉沢さんは小説家である俺よりも言葉巧みに日本語を操り、詰問してくる。

褒められてるのか貶されてるのかよくわからない。

「………っ」

「どうしたんです？　何か理由があるんですよね？　情けなく、そして無様に言い訳を並べてくださいよ。小説家なら言葉の扱いは得意でしょう？」

「ぐぬぬ……！」

こ、こいつ……！

俺にだって色々あるんだよぉっ！　ばかぁっ！　と、癇癪を起こしたい気持ちを抑える。

プロットができていない説明を要求されているけれど、一体どう説明したものか……。

義妹のことが大好きなんですけど、催眠術にかかったフリしたことがバレてしまって、それからも大変なトラブルがあって小説書けませんでしたぁ～。

だとか言おうとものなら、こいつ何言ってんの？　と、白い目で見られてしまうだろう。

ここは詳細がわからないように、めちゃくちゃ濁して伝えるしかない……！

「……その、私生活でいろいろと問題がありまして、小説のほうがおろそかになってしまったというかなんというか」

「なるほど、妹さん絡みの悩みですか」

「エスパー？」

秒で思考を読まれて変な汗が出る。

この編集者、勘が鋭すぎて本当に超能力的な何かを使っているんじゃないかと勘繰ってしまう。

それほどまでに思考が読めるなら、作家のメンタルのためにももう少し思慮深い対応をしたほうがいいんじゃないですかね？

「市野先生だけにしかこんなこと言いませんから。特別です」

「心読むのやめてください」

「別に読もうとはしていませんよ。市野先生の二キロバイトくらいしかない浅い考えなんて簡単に読めてしまうだけです。ほら、看板とか視界に入るだけで文字を読んでしまいますよね？　そういうことです」

「もしかして人を傷つけながら会話しないと死ぬ呪いとかかかってます？」

やいのやいのと言い合いをしてひと段落したあと、吉沢さんは「ふぅ」とため息をついて、本題を切り出した。

「で、何があったんです？」

「いや……口で説明するのははばかられるというか……結構重たいというか……」

「話してください。作品を作る上での障害があるのであれば、取り除かなければいけません。私であれば、解決策を見出せるかもしれませんしね。市野先生はどうしようもないアホ……失礼、考えなしのボケナスですので、放っておけばさらに状況を悪化させてしまうでしょうし」

「えっ？　今訂正する意味あった？」

「とにかく早く話してください。これでも私は市野先生のことが心配なんです」

「吉沢さん……」

吉沢さんは俺の手をとって、可愛らしく笑う。

いい歳こいて彼氏もいない生き遅れ編集だとはとても思えないほど可愛らしい仕草だった。

性格が終わっているということと、雫《しずく》という女の子を知らなければ、惚れていたかもしれない。

俺は吉沢さんが促すまま、サイン会ダブルブッキングからあった出来事を全て話した。

1　終わってしまった催眠術

出会った時のことは、今でも鮮明に思い出せる。

艶やかな黒髪、淡い桃色の頬、悲しげに下を向く睫毛。

そして、憂いを帯びた瞳。

一人っ子だった俺のもとに、突如現れた妹。

それが雫だった。

俺は彼女を一目見たとき、こんなにかわいい女の子が存在するわけがない。きっと妖精か何かだと、本気でそう思っていた。

それほどまでに俺の心は、雫の未完成な美貌に惹かれていたのだ。

両親を亡くし、悲しみに暮れている彼女を、笑顔にしたい。

何もしゃべらない彼女を、常に泣きそうな顔をしていた彼女を、笑顔にしようと俺は躍起になった。

折り紙を教えたり、花火をしたり、雪遊びに連れ出したり、海に星を見に行ったり。

お小遣いはなくなるし、いろいろと準備は大変だったけれど、お兄ちゃんとしてそんな苦労は当然のことだと思っていた。

今思えば、それは雫と接近したいがための、ただの大義名分だったのかもしれない。

とにかく彼女が好きで、とにかく振り向いてもらいたかった。

けれど、俺の無駄な気遣いは雫の心を癒すどころか、義兄に対して毎日欠かさず死ね死ね言ってくるような、ある意味強靭な心に成長させてしまった。

それもそのはず、あかの他人から急に兄貴ズラされて、おせっかいを焼かれれば、年頃の女の子はうざいと思うにきまってる。

気づいたときにはもう遅かった。……年数にして五年くらいだろうか？　雫と俺の関係は、俺が考えていた仲の良い兄妹関係ではなく、妹から嫌われきっている兄という、ある種ありふれた、冷え切った関係になっていた。

会話もなければ、目を合わせようともしない。


そんな、本当に終わりかけていた状況で、雫は俺に催眠術をかけようとしたのだ。

『お兄ちゃん、私のことを、大好きになりなさい』


五円玉を揺らし、俺にまたがる雫。

もちろんはじめは驚いたし、困惑した。

けれど、そんなマイナスの感情を打ち消してしまうほど、俺はうれしかった。

何をしても振り向いてくれなかった。

何をしてもうっとおしいと邪険に扱われた。

そんな雫が、毎日死ね死ね言ってくる義妹が、失敗に終わったとはいえ、俺を惚れさせようとしたのだ。

雫の催眠術という名のお願いを、メンタルを削られながらもこなしていた数週間。

散々自分の気持ちに嘘をついて、雫に殺されないためだとか、適当に理由を作って、俺は催眠術にかかったフリを続けた。

催眠術にかからなかった理由も、雫のわがままに付き合った理由も、本当に単純で、簡単な理由だった。

俺は、雫のことが好きだった。

だから、嘘をやめられなかった。

今まで止まっていた関係が、ゆっくりと動き出したような気がして。

雫のお兄ちゃんでいられるなら。

彼女を心の底から笑顔にできる、そんなお兄ちゃんになれるのなら。

たとえ催眠術という歪な関係だったとしても。

嘘にまみれた関係だったとしても。

それでもよかったのだ。

＊　＊　＊

まぶたの裏が赤く光る。

ゆっくりと目を開けると、薄緑色のカーテンの隙間から、淡い光が差し込んでいた。

枕もとでカチカチと音を鳴らしていた時計を手に取って、寝ぼけ眼をこすりながら現在の時刻を確認する。

「……もう十時か」

普段なら完全に遅刻している時間だけれど、今は絶賛夏休み中。焦って支度する必要はない。

時計を置いて体を起こそうとしたが、節々に痛みが走る。

体育祭が終わって二週間ほど経過したが、いまだに体の傷は癒えきらない。

雫の催眠術に応えるために勉強にトレーニングを限界までこなし、本番当日、体育祭でもかなり無茶をした。

入院やら後遺症やら、そんな大事《おおごと》にならなかっただけマシだろう。

「ふぁ……っ」

大きくあくびをしながら、きしむ体を無理やり動かしてリビングへ向かう。

リビングに近づくにつれ、重くなる体。

いや、実際に体が重くなっているわけじゃないけど、そう感じてしまうのだ。

二週間前、欺瞞《ぎまん》の関係を終わらせた、あの日から。

「……っ」

かちゃりとドアを開けると、朝食を食べ終えて、食器を片している雫と目が合った。

表情はうつろ。というより、無表情と表現したほうがいいだろうか。

少し短めのスカートに、白のシャツ、淡いピンク色のカーディガンを羽織っている。

「お、おはよう。雫」

笑みを浮かべてそう言う。

頬の筋肉が痙攣しているような、そんな感覚がした。

「…………」

雫は無言で食器を流し台に置き、そしてそのまま俺と目を合わせることもなく二階へと上がっていった。

二週間前から、この調子。

俺が催眠術にかかっていないことを雫が知ってからは、一度だって口を聞いていない。

「はぁ……」

自業自得だとはわかっていても、重たい溜息を吐いてしまう。

雫との関係を終わらせたくなかった。

たとえそれが、嘘でつながれた関係だったとしても、俺は終わらせたくなかったのだ。

そのツケが、甘えが、こんな結果を招いてしまった。

「……元通りなんて、もう無理に決まってるよな」

自分の気持ちも、雫の気持ちも知ってしまった今、雫に無視されるという以前じゃ当たり前だった光景が、とてつもなく痛い。

　ぼーっとリビングで突っ立っていると、玄関のチャイムが俺の暗い感情と裏腹に、リズミカルに鳴った。

「あっくん～！　おはよう～！」

　家中に聞こえるような元気な声。

　りんこの声だ。

「おはよう」

　玄関に顔を出してそう言うと、りんこは満面の笑みを浮かべながら俺に抱き着いてくる。

　清潔感のある白いシャツに、タイトなデニム。

　薄手の布地、当然、りんこのたわわな感触は俺にダイレクトに伝わる。

「ちょっ！　りんこっ！」

「体は大丈夫？　まだ痛む？」

「お前が急に抱き着くからさらにダメージが蓄積されたよ」

「癒されたの間違いでしょ？」

　けらけらと笑いながら、俺の体に手をまわして、キツく抱きしめる。

「なぁりんこ、何も毎日看病に来なくたっていいんだぞ？　俺もう自分で歩けるし」

「完全に治るまでは看病します。あっくんいつ無茶するかわかんないし、夏休みだからって変なものばかり食べそうだし、心配なの！」

「心配してくれるのはうれしいけど、何もそこまでしなくても……」

「そこまでします」

りんこは白い歯を見せて、濡れた瞳で、俺をソファーに座らせながら。

「だって私、結構あっくんのこと好きだし」

そう言った。

いつものセリフを聞いた瞬間に、罪悪感で心が支配される。

俺はりんこに催眠術をかけた。

『俺のために生きてくれ』と。

動機は最低。自分に好意を抱いてくれていた親友を、雫の催眠術という名のわがままに応えるために、洗脳したのだ。

「あっくんに催眠術をかけられた私は、こうしてあっくんのために、あっくんのためだけに尽くしてるんです」

「うっ……」

りんこは俺の腕を抱きしめる。

それによりりんこの大きな胸が、くにゅりと形を変えた。

とんでもない質量を孕んでいるはずなのに、想像もつかないほど柔らかい。

「りんこ、胸を押し付けるなって何度もいってるだろ……！」

「嫌なの？」

「い、嫌とか嫌じゃないとかそういう問題じゃないだろ。とにかくおっぱいを押し付けるのはやめてくれ」

「う～ん、だめ、押し付けます」

「俺ってお前に催眠術かけてるよな？　なんでいうこと聞いてくれないの？」

「私がかけられた催眠術は『あっくんのために生きる』だから、あっくんの命令をただ聞くだけじゃないんだよ？　素直になれないあっくんが喜ぶことを私はしてるだけ」

「それだと俺がおっぱいを押し付けられてうれしいみたいじゃないか！」

「うれしいでしょ？」

りんこはさらに腕をきつく締める。

「なんならはさんでもいいんだよ？」

「は、はさむ!?」

「うん」

「はさむって何を……？」

「あっくんが想像してるもので間違いないよ」

りんこは不敵に笑う。

「あっくんが素直になれば、私はなんでも言うこと聞いてあげるんだよ？　なんだってしてあげるんだよ？」

甘い声。鼓膜を粘っこく濡らすような、そんな声。

「りんこ……俺は……」

雫の顔が頭をよぎる。

狂わせた幼馴染を前にしても、俺は雫のことを考えてしまう。

罪悪感に耐えかねて、思いのたけをぶちまけようとするけれど、それはりんこの人差し指によって制止される。

俺のかさつくくちびるを、りんこの細い人差し指がなでた。

「何を言おうとしたの？」

「え……あ……っ」

「あっくんは悪人なんだよ？」

「……」

「あっくんのことが大好きで大好きでたまらない私に催眠術をかけて、私の恋敵である雫ちゃんのために無理やり働かせたんだよ？　解答用紙をすり替えさせたり、陸上部のデータを盗ませたり、たくさん悪いことさせたよね？」

終始笑顔で、りんこは事実を淡々と告げる。

「あっくんと雫ちゃんの関係が終わっちゃったのは半ば必然なんだよ。仕方ないことだったんだよ。だってあんな歪な関係無理があったよね？　あっくんがどれだけ一生懸命に頑張っても、雫ちゃんはあっくんにわがままを言うばかりで何も返そうとしない」

「……」

「だから終わって当然。壊れて当然なの。あっくんが今しなきゃいけないことは、そんな終わった女のことを考えることじゃないでしょ？」

りんこは俺の足に、自分の足を絡めた。

「俺は……俺は……」

「あっくんは、私のことだけを考えていればいいの。おかしくしちゃった私のことだけを……。私も、あっくんのためだけに生きるから……」

「……っ」

耳元でそうつぶやいた後、熱くて濡れた何かが、俺の耳をなぞった。

「ほら、はやくいつものご褒美ちょうだいよ……っ」

罪悪感で縛る。

彼女の言葉にあらがうことは許されない。

俺が催眠術をかけているはずなのに、かけられていると錯覚してしまうほどの主従関係。

りんこの言うように、俺は悪人だ。

だから、責任は。

りんこをおかしくしてしまった責任は取らなければならない。

「こっちに顔を向けて」

「うん……っ」

彼女はさっきの真剣な顔を一転させて、頬を朱に染めた。

ゆっくりと顔を近づけて。

俺は、りんこの頬に、ゆっくりと唇を押し付けた。

「……んぁ……っ」

頬にキスしただけなのに、りんこは妖艶な声をあげる。

「あっくん……絶対に逃がさないよ……っ」

りんこの暗くてよどんだ瞳を、俺はぼーっと見つめていることしかできなかった。

抵抗も否定も許されない。

俺はまんまと、彼女の思惑通りに動き、そして捕まったのだ。

雫との関係を修復することもできず、雫を笑顔にすることもできず、こうしてりんこに甘えているのだ。

自分が情けなくて嫌になる。

「ねぇ」

「……どうした？」

「また雫ちゃんのこと考えてるでしょ」

「………………」

「あっくんも物好きだよね、雫ちゃんって確かに顔はかわいいけど性格最悪でしょ？　私があっくんだったら絶対にあんな子好きにならないけどな～」

「雫にだっていいところはあるっ！」

思わず叫ぶ。

確かに雫はわがままだ。けれどそれをおぎなって余りあるほどに魅力的な女の子なのだ。それは兄である俺が一番よく知っている。

雫をかばう俺を見て、りんこは少し驚いたような顔をした後、少しうつむく。

「そう、まだ雫ちゃんのことあきらめてないんだ」

「いっ！」

足を踏まれる。

透明なペディキュアできれいにコーティングされたりんこの指が、俺の足の甲をぐいぐいと突き刺す。

「り、りんこさん痛いです！」

温厚な幼馴染の、怒気を孕んだ雰囲気にあてられて、俺は思わず敬語になってしまう。

「まぁいいけどね……」

ソファーがきしむ。りんこは俺と唇が触れそうな距離で、熱い吐息を漏らす。

「あんなわがままな子より、私のほうがあっくんにふさわしいもん。……そう、すぐにわからせてあげる」

りんこがそう言った瞬間。

リビングのドアがゆっくりと開いた。


「雫……！」

おもわず名前を呼んでしまう。

俺とりんこがソファーで密着していると、リビングに空いたマグカップをもった雫が入ってきたのだ。

服装も態度も、いつもと変わらない。しかし目元だけが、少し赤くなっていた。

雫は表情を変えず、時間にして二秒ほどこちらを見つめて、キッチンのほうに歩いていく。

もう……怒るそぶりさえ見せてくれないのか……。

心を支配する落胆。これなら以前のように毎日死ね死ね言われているほうがまだマシだった。

そう思ってしまうほど、彼女の無反応っぷりは、雫への好意を自覚した俺には堪えたのだ。

「雫ちゃん！　お邪魔してます！」

「ちょっ！　りんこ！」

シリアスな雰囲気をまとう雫に、これでもかというほど元気に声をかけるりんこ。

慌てて制止しようとするけれど、りんこは立ち上がり、そして雫のほうへ歩いていく。

「ごめんね～リビングでイチャついちゃって！　あっくんってばすごく甘えん坊だからさ！　そういや雫ちゃんて最近あっくんのことさけてるよね？　あ、そっか！　ついに魔法がばれちゃったんだね！　学校でも噂流れてたもん！　速水《はやみ》くんが雫ちゃんに催眠術とか言って無理やり言いよってたって！　噂って怖いよね！　誰がどこで見てるかわかんないもん！」

早口で、それでいて満面の笑みでりんこはまくしたてる。

「おいりんこ！　いいかげんにっ！」

「あっくんは黙ってて！」

金切り声がリビングに反響した。

「催眠術が魔法の正体。だから言ったでしょ。いつか破綻するって」

「…………」

雫は黙っている。俺の座っている場所から雫の表情は見えない。

けれど、彼女が今どんな気持ちかは、胸が痛くなるほど理解できた。

「ねぇ、今とってもつらいでしょ？　私にあっくんをとられて、死にたくなるくらいつらいでしょ？」

りんこは、雫の肩をつかんで無理やり振り向かせる。

「カフェでの出来事覚えてる？　雫ちゃん、お兄ちゃんは私のものだって、あっくんにキスしてそういったよね？」

雫は目に涙をためていた。

唇を真一文字に結んで、頬は紅潮し、今にも叫び出しそうだった。

「私も、おんなじ気持ちだったよ？　あっくんをあなたみたいな卑怯者に取られて、あまつさえキスまでされて……」

フローリングをリズミカルに歩き、そして俺の座っているソファーまでやって来るりんこ。

「あっくん、目をつむって」

「えっ……」

「いいから早く！」

「お、おう」

鬼気迫る彼女の表情に気圧《けお》されて、俺は言われるがままに目をつむった。


淡い香りが鼻腔をくすぐる。

これは……。

シャンプーの香り？


「…………っ」


くちびるにあたる柔らかな感触。

俺はその感触を知っていた。

「りんこっ！」

唇を重ねていた彼女の肩を引きはがす。

濡れた唇。

糸を引く唾液。

唇からはかすかに桃のような香りがした。

幼馴染は額に汗を浮かべて、妖艶に笑い、そして雫のほうを見つめる。


「あっくんは絶対に返さない」


数か月前、雫がりんこに言い放ったセリフ。

それと同じ状況、行動で、りんこは雫に見せつけたのだ。

唇に残る感触と、甘美なぬくもりを振り払う。

「雫……っ！」

俺は立ち上がり雫に駆け寄った。

相当なショックを受けているであろう彼女は、前髪を垂らして、表情は見えない。

「ごめん……俺……その……っ」

言葉がうまく紡げない。

どうすれば、雫との関係を修復できるのか、いくら頭をまわしてもその答えは出ない。

時間にして数秒の時間だっただろうか？

俺が何も言えずにまごついていると、雫は前髪で隠していた顔を上げる。

「……っ」

雫は泣いていた。

冷たい涙は、頬を流れて、ちいさなあごから零れ落ち、雫のシャツを濡らしていた。

怒るでもなく、悲しむでもない、その中間のような、形容しがたい表情。

りんこへの怒りと、情けない自分への罪悪感からくる、そんな表情だったのだろう。

「雫……っ！」

俺は何をするでもなく、ただ名前を呼ぶことしかできなかった。

雫が催眠術で俺を縛ろうとしたように、俺も雫に嫌われることを恐れて、催眠術にかかったフリをしていた。

お互いがお互いに嘘をつき、それがばれて、その罪悪感で苦しめられている。

りんこの言う『破綻』とは、おそらくこの状況のことを指していたんだろう。

「………………」

結局雫は何を言うでもなく、袖で涙をぬぐい、リビングから速足で去っていった。

階段を上る音を聞いていると、雫と俺の距離がまた、どんどん開いていくような感じがして、思わず耳をふさぐ。

「あっくん」

優しげな声。

柔らかな香り。

背中からりんこに抱きしめられる。

「つらい気持ちはわかるよ？　でももう関係は戻らない」

まぎれもない事実。

変えようもない現実。

それを容赦なく、賢すぎる幼馴染は俺に突きつける。

「うるさいっ！」

りんこの腕を振りほどき、叫ぶ。

あたたかい感触が、いまだ背中に残っている。

俺はその感触がなくなる前に、すぐさま冷静になった。

「わ、悪い……」

りんこにあたるのは筋違いだ。

彼女は事実を告げているだけなのだから。

歪なのは俺と雫のほうなのだ。

「今は、一人にしてくれ」

「あっくん！」

玄関まで速足で向かい、靴のかかとを踏みつけながら、外に飛び出した。

空は灰色。天気予報を無視して、いつの間にか雨が降っていた。

構わず走り出す。

雨が横殴りになり、全身を打ち付ける。

少しだけ期待していた。

催眠術にかかったフリという嘘がばれたとしても、なんだかんだで雫は俺を許して、また懲りずに催眠術をかけてくれると。

嘘に気づかないフリをして、今まで通りのおかしな関係が続くと思っていたのだ。

けれど。怒りもしなかった雫の反応と、りんこが告げた事実によって、俺は確信してしまった。


あぁ、もう元には戻らないんだ。


そう、確信してしまったのだ。

「はぁ……はぁ……っ」

気づけば俺は、一キロほど先の公園に来ていた。

雨が地面に乱反射して、泥を巻き上げる。

濡れたソックスに不快感を感じながら、俺はドーム状の遊具の中に入り、そして乾いた砂の上に腰を下ろした。

不思議と息は切れていない。

「……ここ、そういや」

湿った空気、壁に書いてあるどこか見覚えのある落書き。三畳ほどの暗い空間。

子供のころはもっと大きく感じられたのに、今は手狭に感じる。

幼いころ、俺はここに来たことがある。

通っていた小学校と、自宅のちょうど中間地点にあるこの公園で、俺はよく遊んでいた。

中学生、そして高校生になり、見ることすら少なくなった小さな公園。

ブランコの鎖は錆びつき、砂場は砂が少なく、滑り台のペンキはところどころはげて、そして今雨宿りしている小さなドームも、経年劣化や小学生たちの落書きで埋め尽くされ、お世辞にも綺麗とは呼べない。

何を思ったのか、俺はそんな場所に来ていた。

雫とここで遊んだこともある。

好きだという気持ちを自覚し、それを嘘で繋ぎ止め、そしてそれが終わりだと告げられ、雫に拒絶された。

もうどうにかなりそうだった。

がなりたてて泥の中を転げ回れば楽になれるんじゃないかってくらい、苦しい。

そんな精神状態だからこそ、雫との思い出があるこの公園に来てしまったのかもしれない。

「……あっくん」

狭い空間に、反響する鈴のような声。

鈍い日光がドームの湾曲した壁に歪んだ影をつくる。

たとえ影が歪んでいたとしても、その影の主人を、俺は予測することができた。

「りんこ……どうしてここが……」

視線を上げずにそう応える。

自分でもびっくりするくらい暗い声がでた。

「わかるよ。だって私、けっこうあっくんのこと好きだし」

いつもなら心がかき乱されるセリフを聞いて、不思議と落ち着いた。

全身を濡らしながらも、にこやかに笑うりんこが、俺の隣に腰を下ろす。

長い髪は濡れて、薄い化粧もおちて、着ていた淡いピンク色のニットも濡れて、透けていた。

「風邪ひくぞ」

うつむきながらそう告げると。

「あっくんに言われたくないな」

笑いながら彼女はそう応えた。

先ほどの重たい空気を感じさせない口調。

怒鳴って、感情に任せて、家を飛び出した俺を、何も責めずに隣にいてくれる。

そんな器の大きい幼馴染を見ると、自分の矮小さを思い知らされるようで、心臓の奥のほうがずきりと傷んだ。

「ごめんりんこ……俺……ほんと子供だよな……」

「あっくんは子供じゃないよ」

「子供だろ。雫とうまくいかないからって、りんこにあたって、外に飛び出して……今こうしてお前に慰められてる。俺はお前に好意を抱いてもらえるほど、できた人間じゃないんだよ」

りんこは言わずもがな賢い。

ルックスもいいし、性格もいい。……少し……いや、かなり黒い部分はあるけれど。

そんな彼女が、俺のことを……ずっと好きでいてくれる。

「俺はお前の気持ちを踏みにじってまで、雫を救うために催眠術をかけた。それなのに全部台無しにして……ほんと、最低だよ……」

雨音の不規則な音が、暗いドームに反響して、無言の時間を埋める。

三十秒ほどたって、りんこが雨音を縫って口を開く。

「あっくん、この落書き、覚えてる？」

「落書き……？」

りんこが指さす方向に、土で汚れたマジックの落書きがあった。

ところどころかすれていて読めない。

けれど、どこか見覚えのある落書き。

数秒ほど考えるけれど、なかなか思い出せない。

「この公園でりんことよく遊んだことは覚えてるけど……何があったかまでは思い出せないな

……」

そういうと、彼女は頬を膨らませる。

「あっくんはひどいなぁ」

「え……？」

「私はずっと覚えてるのに」

りんこは自分の膝に、俺の手をあてた。

「私、あっくんとはじめてここで、出会ったんだよ？」

その一言で、頭にかかっていたもやが一気に晴れる。

2　毎日好き好き言ってくる幼馴染

夕暮れ。影が伸びる。

放課後、文房具屋で買い物をした帰りに、俺は公園の前を通りかかった。

「……ひくっ……っ……うう……っ」

「……え？」

遠くから聞こえる、女の子のすすり泣く声。

小学校低学年の男子が、薄暗い夕暮れにそんな声を聞けば、嫌でも幽霊を連想する。

俺はすぐさま走り出そうとしたけれど、頬に水滴が当たった。

「まじかよ……っ！」

手に持っていた買い物袋を、抱え込む。

今日帰ったら使う予定のソレは、水に濡れてしまえば使えなくなるような代物だったのだ。

そうこうしているうちに、雨はどんどん強くなる。

「あーもう！」

俺は脳内で『おばけなんていないさ』を熱唱しながら、公園の真ん中にあったドーム型の遊具、その中に駆け込んだ。

雨に濡れていない白い砂。

舞う土埃。

幸い、女の子の声は聞こえなかった。

「はぁ……夕立だし、すぐにやむよな」

ドーム入口のすぐそばでわざとらしく独り言を言いながら、乾いた砂の上に腰を下ろす。

視界の端に、ドームの奥がうつる。

奥に行くにつれて深まる闇。

意識的に見ないようにするけれど、怖いもの見たさというか、どうにも暗闇を気にしてしまう。

頼むから早く止んでくれ！

心の中で祈りながらうつむいていると。

「……ひっく……ううっ……」

「ッ……!?」

暗闇の奥から、女の子のすすり泣く声が聞こえた。

おいおい勘弁してくれよ……！

俗にいう、いないと思ったらいるパターン。心霊番組などでよく見かける展開だ。

恐怖のあまり足が震える。

次に暗闇のほう見れば、すぐそばに女の子がいて俺の顔を覗き込んでいる。

そんな嫌な光景が、とじたまぶたの裏に浮かんで離れない。

「なむあみだぶつ……！　あくりょうたいさん……っ！」

聞くかわからない、お経のようなものを小声で唱えながら、目を強くつむる。

雨は一向に止む気配はない。

「だれ……？」

「ひっ!?」

透き通るような女の子の声。

まずい気づかれたッ！

「見てません何も見てませんっ！」

「…………」

「お金二百円あります！」

「…………」

「んあっ!?」

死ぬほど慌てていた俺は、ポケットから二百円をとりだそうとして、地面に小銭をぶちまけた。

「ねぇ……」

「ひゃいっ！」

「のどかわいた」

「へ？」

暗闇から顔をのぞかせたのは、幽霊でも妖怪でもなく。

「……っ」

栗毛色の髪の毛をした、少し地味目な女の子だった。

「足……ある？」

「足？　あるよ？」

「なんだよ驚かせんなよ……！」

大きく息を吐いて背中をドームに預ける。

よく見ると幽霊でもなんでもなく、どこにでもいるような普通の女の子。

少し見覚えがあるような気がする……。

暗闇に目が慣れて、女の子の顔が見える。

栗毛色の髪の毛に、一見地味目に見えるけど、整った顔立ち。

「あっ……！」

ドームの中にいた女の子は、同じクラス。しかも隣の席の女の子だった。

学校をよく休むのであまり面識がない。

そのせいですぐに気づかなかった。

「ねぇ、のどかわいたの」

「え？」

「二百円くれるんでしょ？」

「え、あ、いや……」

「うそついたの？」

「……何がいいんだよ」

「ソーダ」

「ちょっと待ってろ」

ごうごうと降る雨。

その射線の隙間を縫って、真っ白に光る自動販売機が見える。

文房具屋で買ったものを少し湿った上着でくるみ、ドームの絶対濡れない場所に置いて、俺は雨の中駆け出した。

自販機でソーダを買ってドームに戻るまで、一分もかかっていないけれど、俺の全身をびしょ濡れにするのには十分な時間だった。

「ほら、ソーダ」

「ありがと。やさしいね」

雨が滴る冷たいソーダのペットボトルを、女の子はこきゅこきゅと美味しそうに飲む。

「……あまいっ」

目尻は赤くなってはいたけれど、涙は止まっていた。

「んで、どうしてこんなとこにいるんだよ。もう五時だぜ？」

沈黙が気まずかったので、素朴な疑問を彼女に投げかける。

こんなくらい公園に女の子一人はかなり危険だ。小学生でもわかる。

「……家に帰りたくないから」

ソーダを飲む手を止めて、苦しそうに女の子は答えた。

「なんで？　家に帰らないとおなかすくだろ」

「……世の中には、空腹よりつらいことだってたくさんあるんだよ？」

「じゃあその空腹よりつらいことってなんだよ」

「…………」

女の子は黙る。うつむいて。

うつむいた瞬間、首元が大きくあいたTシャツから、うなじがチラリと見えた。

「っ……」

紫。いや……黒い。

大きなあざが、少女の華奢な体に、刻印のように焼き付いていた。

「いろいろ、あるの」

いろいろ。

その一言に含まれた万感の思い。

何も聞いていないし、聞く勇気もないので、詳しくはわからないけど、そのいろいろに含まれた内容や思いは、ポジティブな内容ではないことは簡単に理解できた。

「……」

「……」

女の子の瞳は、暗く淀んでいる。

俺はその目を何度も何度も見たことがあった。

「同じだ……」

思わず口に出る。

女の子の淀んだ瞳は、両親を亡くし生きることに絶望している俺の義妹。

雫にそっくりだった。

「同じって、何が？」

「……なんでもない」

この女の子の空腹よりもつらいこと、それを推し量ることはできないし、側にいる妹すら笑顔にできない俺じゃ、救うことなんてなおさらできない。

それでも、その悲しそうな瞳を見た以上、放っておくことなんてできなかった。

「じゃあさ、うちにこいよ！」

「……へ？」

計画性も何もない。

気づけばそんなことを口走っていた。

「家には空腹よりもつらいことがあるんだろ？」

「まぁ……そうだけど」

「なら帰らなきゃいいじゃん」

暗いドームの中で、俺がそういうと。女の子は目を丸くした。

そして少し笑いながら。

「バカなの？」

そう言った。

「バカとはなんだバカとは！　答えはシンプルだろ！　家に帰りたくなかったら、帰らなきゃいいんだよ！」

「そりゃそうだけど……でも……」

しぶる女の子。ドームの中の乾いた砂をかかとでいじっている。

「大人はさ、嫌なことでも我慢して頑張りなさいだとか、辛いのはみんな同じだ、だとか、よくわからんこと言うけど、嫌だったり痛かったりすることから逃げたほうがいいんだよ」

「逃げて解決する問題じゃなかったら？」

「……でも家は痛くて辛いんだろ？」

「……うん」

「だったら逃げたほうがいいだろ」

「でも……」

「あーもうめんどくせー！」

反響する声。

女の子が抱えている問題がどんなものかはわからないけど、痛ければ逃げなければいけない。

フライパンを触ってやけどしたならば、すぐさまフライパンから手を離すべきなのだ。

痛いものを痛いままにしたって、意味はない。

「こっちこい！」

「えっ！　何!?」

女の子の手を引く。

「今からお前をゆうかいする！」

「へっ!?」

名前も知らない女の子を、ドームの外に連れ出す。

先ほどまで地面に穴が開くほど強く降っていた雨は止み、オレンジ色の淡い太陽の光が、黒雲の隙間から溢れていた。

＊　＊　＊

「ここにお前を監禁するぜ」

「ここって……」

「俺の家だ」

夕立も止み、時刻は午後六時前。

夏で日が長いとはいえ、あたりは暗くなりはじめていた。

「……ゆうかいって言われたからどこに連れて行かれると思ったら……ここなのね」

「仕方ないだろ！　まだ小学生なんだから！　ほら行くぞ！」

名前も知らない女の子を実家で誘拐する。

字面にすればとんでもないことだけれど、幼い俺はそんなことお構いなしに玄関を開ける。

「いいか、絶対に大声をあげるなよ」

「なんで……？　自分の家なんでしょ？」

「いやそうなんだけど、お前がいることを気づかれちゃいけない子がいるんだ」

「だれ？」

「……妹」

「妹ちゃんと仲悪いの？」

「いや……仲悪いというか、毛嫌いされているというか……とにかく、雫は俺が女の子と遊んでると何故か機嫌が悪くなるんだ。だから大声はだしちゃだめだぞ」

「ふーん、わかった」

俺の部屋は二階にある。

玄関入ってすぐ左にある階段を登り、突き当たりの部屋だ。

音を立てないようにそろそろと階段を登る。

肩越しに後ろを見た。これから誘拐されるというのに、女の子はニマニマと楽しげだ。

「お前いまからゆうかいされるんだぞ？　何笑ってんだよ」

「いやだって、私が家に帰りたくない理由も聞かずにゆうかいするだなんて、すっごいアホだなーと思って」

「はぁっ!?　アホとはなんだアホとは！　そんなこと言ったらお前のほうがアホだろ！　痛いのに痛いとも言わずに我慢しようとするほうがアホなんだよ！　このアホ！」

「……大声だしていいの？」

「あっ……！」

すぐさま自分の口をふさぐ。

数秒、耳を澄ませて雫の部屋のほうを窺う。

……どうやら動きはないようだ。

「お前……！　大声だすなって言っただろ……！」

「だしたの君じゃん」

「う……っ！　とにかく、雫に気づかれたら終わりだからな！　あいつすっげー怖いんだから！」

雫は基本俺と話さない。

遊びに誘った場合も、ついてくるにはついてくるが、眉間にシワをよせてずっと黙っている。

話したとしても、一言二言だ。

そんな彼女が、唯一感情を爆発させる瞬間、それが、俺が女の子と遊んでいた時なのだ。

雫は自身のテリトリーを荒らされるのを死ぬほど嫌う。

例えば、頭につけているお気に入りの鈴リボンに触れられても怒るし、自分の部屋に入られても怒るし、雫の使う箸や食器に触れるだけでも怒られる。

とにかく独占欲が強い女の子。それが雫なのだ。

彼女にとって、唯一の遊び相手の俺は、嫌われきっているとはいえ、彼女の所有物のひとつと認識されている。

そんな俺が、自身の全く知らない人間。しかも同年代の女の子と遊んでいれば、雫は間違いなく怒り狂うだろう。

どんな攻撃をされるか想像もつかない。

「ねぇ、雫ちゃんってどんな子なの？」

「黒髪で頭に鈴付きリボンをつけてて、すっげーかわいい女の子。年は俺と同じだ」

「ふーん、そっか」

ドームで泣いていた女の子は、俺の肩越しに階段上を見つめている。

「その雫ちゃんって女の子は、君の後ろにいる子じゃない？」

「えっ？」

反射的に振り向く。

俺の義妹が、可愛らしい眉をこれでもかというほどつりあげて、仁王立ちで、俺のほうをにらみつけていた。

「し……雫、これは違うんだ……！」

ありきたりな言い訳が、口からこぼれる。

「だれ？」

見た目が妖精のような、可愛らしい少女の口からでたとは思えないような、低く、ドスの利いた声。

鼓膜が脳に知らせる。

雫さんは今ブチギレていらっしゃると……！

「こいつはその……ともだちだ！　困ってそうだったから連れてきたんだ！」

「おりがみ」

「うっ」

「おりがみ、やくそく」

「ご……ごめん」

カタコトで俺を詰める雫。

今日、俺は雫と折り紙をして遊ぶ約束をしていたのだ。

右手に持っていた紙袋を強く握る。

雨に濡れないよう、後生大事に抱えていたのがその折り紙だ。

「すててきて」

「へ……？」

「そのおんな、すててきて」

「え、あ、でも……」

「すてないと、おばさんに言いつけるから。おばさんなら、そのおんなの親にでんわして引き取ってもらうことだってできる。それがめんどうなら、すててきて」

いつもの倍以上饒舌な雫。

それほどまでに怒っているということだ。

とにかく、母さんに連絡が行くのはまずい。

雫の言うように、母さんから女の子の保護者に連絡がいけば、引き取られるのは確実。

「……」

首元に見えた大きなあざが、脳裏に焼き付いている。

肩越しに女の子を見ると、申し訳なさそうにうつむいていた。

「わかった……この子は家に入れない」

「……そう」

そう言うと、雫の口角が少しだけ上がる。

「わかればいいの」

そしてトントントンと、リズミカル音を立てて、雫は自分の部屋に戻っていった。

少しの静寂。

女の子のほうを見なくても、落胆しているような、申し訳なく思っているような、そんな表情をしていることは窺えた。

「……家には、自分で帰れるから」

諦め混じりの声音。

どうやら彼女は何か勘違いしているようだ。

「家に帰る必要はない」

「へ？」

「ちょっと待ってろ！」

自分の部屋や、キッチンに忍び足で入り、毛布やお菓子、必要になりそうなものを手当たり次第に大きなカバンに詰め込んだ。

女の子の首元にあった大きなあざが、どんな意味を持つかは、子供の俺にだってわかる。

俺には何もできないし、一日そこら家出したって、問題の解決にならないことは理解していた。

けれど、このまま何もせず、ドームの中で泣いていた彼女を、放っておくことはできなかった。

「ほら、いくぞ！」

部屋の前で固まっていた女の子の手を引いて、玄関を飛び出す。

オレンジの光は西に沈み、代わりに青色の優しい光があたりを照らす。

「どこいくの？」

「さぁ！　わかんね！」

「……ほんと、バカなんだから」

電灯の光で、彼女の目元が照らされる。

きらりと、雫のようなものが光ったのが見えた。

＊　＊　＊

「で、結局ここに帰ってくるのね」

「仕方ないだろ！　ほかに行くとこないんだから！」

俺たちはあっちこっち歩き回ったあげく、結局、元いた公園に戻ってきた。

見慣れた小さな公園は、夜の帳が下りて、いつもとはまったく違う雰囲気を醸し出している。

公園の中心にある小さなドームの中に入り、淡い光を放つランタンを置いて、俺は大きなカバンを開いた。

「えーと、下にダンボールを敷いて、毛布と、あとーお菓子とカップ麺と……夏だし、こんだけあれば死なないだろ！」

「ほんと、計画性のカケラもないね」

「うっ……！」

「……でも、少し楽しい」

「たしかに、なんか秘密基地みたいでワクワクするよな」

ドーム内を照らすランタン。

ダンボールの上に敷いた毛布の上で、肩を寄せ合う二人。

「ところで、カップ麺はどうやって作るの？　お湯ないけど？」

「へへーん！　そのあたりは抜かりないぜ！」

俺はカバンから魔法瓶をとりだして、あらかじめ入れておいたお湯をカップ麺にそそぐ。

「悪知恵だけは働くんだね」

「へへっ、でもその悪知恵のおかげで晩御飯にありつけるんだからもうけだろ！」

ドーム内に、おいしそうな香りが充満する。

「……すごい……美味しそう……ご馳走だね」

日本で最もポピュラーなカップ麺を見つめながら、彼女はそう言った。

「カップ麺がご馳走？　いつも何食ってんの？」

「……食パン」

「食パンって……焼いて食べるのか？」

「ううん、何もつけないし、焼かないよ。焼くやつないし。月曜日におじさんが食パンをくれるの。六枚入ったやつ。それが私の、一週間のご飯」

「えっ……？」

「引いた？」

「いや、そういうわけじゃないけど……」

痣から察しはついていたけど、実際彼女の口からその事実を聞くと、なんだか変な気分になる。

胸の奥底から、どす黒い何かが込み上げてくる様な、そんな気持ちだ。

詳細を聞くべきか、聞かないべきか迷っていると、そんな俺の様子を彼女は察したのか、おもむろに話し始める。

「ちっちゃい頃はね、ママがいたの。大好きだった。でもママが死んじゃって、ママの再婚相手のおじさんに私は引き取られた。今はそのおじさんと、おじさんの再婚相手と暮らしてる」

「……」

つまり、彼女の両親は、二人とも赤の他人。

それがどれだけ心細いか、想像に難くなかった。

「おじさんも、おばさんも、すごい馬鹿なんだよ。小学生の私が意見できちゃうくらい、言ってることと生き方が矛盾してるの。下半身に脳みそがついてるんだよきっと。まぁ……そんな馬鹿みたいな二人にわざわざ食ってかかって、しっぺ返しをくらってる私はもっと馬鹿なんだけどね」

目は虚ろ。

難しい言葉を使って、現在の両親を貶す彼女。

賢い彼女ならば、波風立てず今の両親と過ごすことは難しくないだろう。

しかしそれをしないのは、彼女が現在の両親を認めていないからだ。

「まぁ、そんなに辛くはないからいいんだけどね。二人ともほとんど家にいないし」

毛布をにぎり、遠くを見つめる。

「辛くないわけないだろ」

「え……？」

実際泣いていた。

誰も来ないような、暗いドームの中で。

強がる彼女に対して、俺はどうしていいかわからない。

だから、手を握った。

毛布を強く握る彼女の手。それを包むように。

「……ずいぶん優しい誘拐犯だね」

「うっせぇ。ラーメンのびるから食べようぜ」

「こういうの話したら、君なら、お前の両親殴ってやる！　くらい言うかと思ったのに」

「……そんなの迷惑だろ」

俺はまだ子供だ。

何も知らないし、知っても、どうすることもできない。

どうにかすることができるとするなら、この賢い女の子がもう手をうっているはずなのだ。

下手に波風を立てれば、さらに彼女に被害が及ぶ。

彼女から直接『助けて』と言われない限り、俺は何もするべきではないのだ。

「そうだね、迷惑だね。今の両親は馬鹿だけど、扱いにくい人間じゃないの。私が良い子を演じれば、すむ話だからね」

少しだけ笑って、彼女はそう言った。

「俺はバカだから、お前が辛くなっても、こうやって一緒に遊ぶことしかできない」

「わきまえてるんだね」

「小学生だからな」

「でも……それでいいよ。それがいい」

ラーメンをはふはふと食べながら、おいしいと笑う彼女。

「そばにいてくれるだけで、それだけで、いいの」

ランタンに照らされる彼女の笑顔。

初対面なのに、俺は不覚にもドキッとしてしまった。

可愛らしい女の子が隣に座っているのに、良い意味で緊張しない。

今日ははじめて話したばかりなのに、妙に気が合う。

「そーいや、名前聞いてなかったな」

「……そういえば、そうだね」

「俺の名前は市ケ谷《いちがや》碧人《あおと》。お前は」

「……私は佐々木《ささき》凛子《りんこ》。君はあおとだから、あっくんだね」

「あっくん？」

「そ、あっくん、かわいいでしょ？」

「まぁなんでもいいけど」

急にあだ名で呼び合うのは少し気恥ずかしかったけど、悪い気はしなかった。

「私のことは苗字じゃなくて、りんこって呼んでね」

「おう、わかった」

「じゃ、忘れないように名前ここに書いとこっか」

白い石を手に取って、りんこはにやりと笑う。

「落書きすんのか……？」

「落書きくらいでいまさらビビらないでよ。誘拐犯さん？」

「べ、別にびびってねぇし！」

カリカリと音をたてて、ドームの壁に落書きをするりんこ。

ふぅ、と息を吐いて、ランタンで壁を照らし、満足そうに俺に落書きを見せてきた。

「ちょっ！　なんで相合い傘なんだよ！」

「別にいいでしょ」

俺の名前とりんこの名前、それを相合い傘で繋いだ落書き。

そんな相合い傘を、優しげに見つめて。

「だって私、けっこうあっくんのこと好きだし」

りんこはそう言った。

3　ずっと大好き

「この落書き見たら、流石に思い出すでしょ？」

りんこはなぞる。

俺とりんこがはじめて出会った時に書いた落書きを。

ところどころ掠れて読みにくくはなっているけれど、確かにそこにある。

「あの時から、あっくんは宣言通りずっとそばにいてくれた」

「……そばにいたって、ただ遊んでただけだろ。出会った時も、特別なことなんて何もしてない」

物語の主人公のように、俺はりんこを救ったわけじゃない。

ただ何もせず、そばにいただけなのだ。

出会って以降、両親に関する悩みを聞くだけで、何もしてやれなかった。

俺が動けばどうにかなる問題であれば、いくらでも動くけれど、現実はそう甘くない。

子供の俺が何をしたって、りんこの状況を悪くするだけだった。

「たしかにそうかもしれない。けどそれだけでよかったし、それがよかったんだよ」

だんだんと強くなっていく雨。

りんこの声は小さかったけれど、何故か雨音にかき消されず、俺の鼓膜に届いた。

「私みたいなめんどくさい女の子の隣にいてくれる。否定するでもなく、肯定するでもなく、ただ隣にいてくれる。それが本当に嬉しかった」

彼女は賢い。

初めて出会った時でさえ、その言動や振る舞いを見てそう思い、その後の付き合いで、その推測に確信を得た。

賢い故に、自分が直面した問題に対しても、何をすべきか理解できる。

いや、理解できてしまうと言ったほうが正しいかもしれない。

彼女は、辛いことがあっても、悲しいことがあっても、愚痴を吐いたり陰口を言ったりしてストレスを発散しない。

愚痴を吐いても意味はないことは知っているし、陰口を言っても問題の解決にならないことを知っているからだ。

冷静で正確。だから分かり合えない。

普通の人間は、俺を含め、りんこほど冷静ではないし正確でもない。

子供のりんこに指摘をしたり、生き方を指南したところで、彼女にとってそれは穴だらけの妄言に過ぎない。

だから俺は、聞くことしかできなかった。

それだけなのだ。

「……お前ほど、気の合う友達もいなかったからな」

実際りんことは趣味があったし、会話も楽しい。

親友と呼べるくらいには仲が良いつもりだ。

「この状況で友達宣言なんて、あっくんひどくない？」

少し笑ってそう言う彼女。

雨音がさらに強くなる。

ドームの亀裂から雫がたれてきて、頬にあたる。

少しの静寂を経て、俺はようやくりんこの言葉の意味を理解した。

「いや……別にそういう意味じゃ」

自分のことを好いてくれている相手に対して、恋仲になりたいと願う女の子に対して、俺は今友達宣言してしまったのだ。

女子が男子を振るときに使う、友達だと思ってた。という定型文だ。

意図して発した言葉じゃない。

そう伝えようとした瞬間、りんこはゆっくりと口を開く。

「私がか弱い女の子だったら泣いてるよ。雨の中駆け出しちゃうかもしれない」

りんこは雨に濡れた手を、俺の頬にゆっくりあてる。

「あっくんみたいに」

「……っ」

大好きな人に拒絶される。

その痛みを俺はよく知っていた。

先ほどその痛みに耐えきれず、泣きそうになりながら雨の中駆け出してここにいるのに、それと同じことを俺はりんこにしてしまったのだ。

「ご、ごめん……俺……」

情けない気持ちと、申し訳ない気持ちで心が埋め尽くされる。

うつむいていると、突然、右肩が強く押された。

「ちょっ！　りんこ!?」

俺はりんこに押し倒された。

雨で濡れていた背中に、乾いた砂を押しつけられる。

りんこの細い髪の毛を伝って、顔や首筋に、温かい雫が伝った。

顔が近い。

濡れた腰と腰が当たる。

すぐさま体を起こそうとするけれど、びくともしない。

りんこの左手が、優しくみぞおちを押さえている。

体の軸を釘で押さえつけられたみたいだった。

「あっくんはたくさん私にひどいことしたよね。でもいいの。ぜんぶ私がそうなるようにしたから」

吐息が顔にあたる。

甘い香りで、頭がクラクラする。

「私の大好きな優しいあっくんは、私のことを捨てられない。利用してる今もなお、傷つけている私を無視できない。そうでしょ？」

りんこは、押し倒されている俺に体を預ける。

狭いドームの中、雨に濡れた二人が密着している。

りんこの大きな胸が、俺の薄い胸板に押し付けられ、水風船のようにくにゅりと形を変えていた。

今の俺たちを何も知らない人が見れば、野外で情事にふけるカップルにしか見えないだろう。

でも、そんなことを冷静に考えられないくらい、俺は心を乱されていた。

「雫ちゃんを好きでい続けるかぎり、あなたは自分の良心の叱責で苦しみ続ける」

耳元でささやかれる。

唇が、みみたぶにあたった。

「……っ……りんこ、ごめん……俺……どうしたら……」

催眠術をかけているはずなのに、催眠をかけられているみたいだ。

りんこの一言一言は、それほどまでに俺の心に絡みつき、感情を揺さぶった。

「私が許しても、あっくんがあっくんを許さない。もし仮に、雫ちゃんと結ばれたとしても、百点満点のハッピーエンドにはならない。絶対に心に刺さったトゲは抜けない。あっくんのことを愛してやまない私に催眠術をかけて、恋敵である雫ちゃんのために働かせたという最低な行為は消えない。ずっと、ジンジンと痛むの。絶対に忘れられないし、忘れさせない」

俺はりんこに催眠術をかけた。

俺のために生きろ。と。

言うことを聞かせるためにかけた催眠術なのに、りんこは俺の思いと反して行動している。

りんこにとって、今している行為がまさにそれなのだ。

俺のために生きようとした結果が、この状況。

雫と結ばれるよりも、りんこ自身と結ばれたほうが、俺のためになると、そう信じ切っているのだ。

「もう諦めて、私のことを好きになっちゃいなよ」

りんこの足が、俺の股間を押さえつける。

左手でみぞおちを押さえ、右手で俺の頭を撫でながら、体重をそのままあずけて、耳元で囁いている。

両腕を動かしてりんこを攻撃すれば、この甘い拘束から抜け出すことも可能だろう。

けどそんなことできないし、する気もない。

親友だといっても過言ではないくらいの相手を、殴るなんてことは俺にはできない。

おそらく、りんこはそれすらも計算づくなのだろう。

「私の隣にずっといてくれたってことは、私のことを多少なりは好きでいてくれてるんでしょ？」

「うっ……あっ……っ」

耳を、柔らかくて熱い何かが這う。

ぬぬめったそれは、おそらくりんこの舌だろう。

甘言と共に、舌が耳穴に入ってくる。

「あっくん……捨てないで……っ、はぁっ……」

ぐじゅぐじゅと、水音がした。

りんこのやわらかな胸の奥から、トクントクンと鼓動が伝わってくる。

「俺は……っ」

「あっくんの望むこと、何だってしてあげるよ？　恥ずかしいことだって、何だってしてあげるんだよ？」

吐息が荒い。

これだけ感情をあらわにしたりんこを見たのは、雫にキスをされた喫茶店以来だ。

暗がりに目が慣れて、りんこの顔が見える。

頬は真っ赤になり、目はトロンと濡れて、少し汗ばんでいた。

雨で濡れた髪の毛から落ちてくる雫は熱い。

体が密着したせいで彼女は興奮しているのだ。

「りんこ、お前はなんでそこまで俺を……好きになる理由だって……そんなに大きな出来事は何も……」

「あっくんが雫ちゃんを好きなのと同じだよ。一目見た時から、この人しかいないって、思っちゃったんだよ」

痛いほどわかる。

人を好きになる気持ちも。

それが叶わないとわかった時の絶望も。

間違いない。りんこは俺を堕としにきている。

俺が理解できる感情を、やるせない気持ちを甘言によって引き出して、共感させて、堕とそうとしている。

現に、俺の心は揺れ動いていた。

りんこは言うまでもなく魅力的だ。

可愛くて、賢くて、献身的で、胸も大きくて、俺が望むことならなんだってしてくれるだろう。

男の理想を詰め込んだ女性。

それがりんこといってもいいくらい、彼女は魅力的なのだ。

このまま首を縦に振れば、りんこは俺を幸せにしてくれるだろう。

どんな手を使ってでも。

「私、あっくんと結ばれなきゃ、この先の人生、何があっても不幸だよ。そう思えるくらい、大好きなの」

舌がはう。

耳から首筋へと。

「うっ……っ」

左手はみぞおちから、俺の上着の中へと入り、そして脇腹を撫でる。

りんこの触ったところは熱くなり、下っ腹の奥から、何か込み上げてくるような、そんな感覚になる。

「ねぇキスしよ……お願い……」

俺が少し顔をあげれば、唇があたる。

そんな距離で、りんこはそう言った。

「いっぱいキスしよ……なんならここでしたって……私はいいよ……？」

「り……んこ……」

下腹部に熱がこもる。

鼻からりんこの香りが入ってきて、脳みそが犯される。

このままキスすれば、楽になれる。

雫とは、もう結ばれることはない。

そう割り切って、このままりんこに溺れれば、どれだけ楽だろう。

「……んぁ」

何もしない俺を見て、りんこはしびれを切らしたのか、舌をちろりと出して、頬を舐める。

甘い香りが、どんどん口元に近づいてくる。

もうどうにかなってしまいそうだった。

「あっくん……私を……ひとりにしないで……」

理性が崩壊しかけ、りんこに顔を近づけようとした瞬間。

すがるように、しぼりだすように、りんこはそう言った。

「りんこ……」

もし俺が、雫に拒絶されたら。

もし俺が、雫に、本当に嫌われきってしまったら。

りんこと同じような気持ちになるだろう。


「悪い……りんこ、お前の気持ちには応えられない」


だからこそ言い切った。

一切の淀みなく。

俺は覚悟を決めたはずだ。

雫のために、りんこを利用すると。

その覚悟が鈍るようなことがあっては絶対にいけない。

さっきの悲しそうな声を聞いて、ようやく理解した。

りんこは完全無欠の人間ではない。

ただの優しい女の子なのだ。

ずっとひとりで、だからさみしくてたまらない、どこにでもいる女の子なのだ。

俺は雫を笑顔にしたい。

そのためだけに、そんな優しい女の子を騙した。

そう決めた限り、もう、それしか掴めない。掴もうとしてはいけない。

ここでりんこを心を許せば、りんこは満足するけれど、俺は一生嘘をつき続けることになる。

本当に好きな人がいるのに、りんこのことを世界で一番大好きだと、嘘をつかなければいけない。

誰よりも優しいりんこを、また、騙さなければいけないのだ。

それも、一生。

「ここまでして、自分の気持ちを曲げることはできない。本当に、ごめん。だけど……気持ちを偽る嘘は、つきたくないんだ……」

火照ったりんこの頭を撫でて。

ゆっくり、告げる。

「俺は雫が好きだ」

自分が最低なのは理解している。

けれど、最低にも最低なりに、通さなきゃいけない道理がある。

自分を肯定するつもりもないし、責められれば受け入れる。

けど、雫を好きだと言う気持ちだけは、どうしたって偽れなかった。

「そう、そっか」

乾いた返事。

りんこの茶色い瞳は、暗く淀んで、そして。

「へ……？」

赤く濁った。

「うっ！」

瞬間。目の前に火花が散った。

ゴン！　ガン！　と、衝撃が顔面に走る。

なんとかまぶたをあけて、状況を確認する。

「ばかっ！　ばか！　あほ！　私のなのに！　私のッ！　なのにッ！」

りんこは泣きながら、手をグーにして、俺を叩いていた。

「りんこっ！　ごめんっ！」

「謝るくらいならキスしてよ！　私を選んでよ！　なんでダメなのよ！　なんであんなクソガキがいいの!?」

「あぶっ！　あがっ！」

両足で俺を拘束し、火が出るほど俺を殴るりんこ。

ちょっと待ってマジで痛い……！

こいつこんなに力強かったの……!?

喉の奥から血の味がした。

どうやら鼻血がでたようだ。

けれど、殴られるのを止めようとは思わなかった。

俺ために生きろと言われたのに、りんこが信じる俺の幸せを、他でもない俺自身に拒絶されたのだ。

怒らないほうがおかしい。

「まだ、足りないんだね。痛みが。期待してるんだね。雫ちゃんとの関係が元通りになるって……！」

「…………」

期待していないといえば、嘘になる。

けれど、関係が戻るのは、絶望的だというのは理解しているつもりだ。

「えっ！　ちょっ！」

俺の襟を掴んで、無理やり顔を引き寄せる。

鼻血を垂らして、無様に顔を腫らす俺の唇に、りんこは無理やりキスをした。

「もういいよ、あっくん。これでも私のにならないんだったらもういい」

意識が朦朧とする俺に、りんこは口づけを繰り返す。

「言っておくけど、私催眠術になんてかかってないから」

「…………え？」

「あの催眠術は本物だよ。かけられそうになった時、どうしたって抗えないような力を感じた。けど、その後のあっくんの命令があるでしょ？　覚えてる？」

俺はりんこに催眠術をかけた。

『俺のために生きろ』と。

「私、元々あっくんのために生きてるようなものだから。かかんなかったみたいだよ。予想通りね」

不敵に笑う幼馴染。

りんこが、催眠術にかかっていない？

「催眠術の正体がばれたのも、ぜーんぶ私の仕業。速水くんみたいなゲスは扱いが簡単だからさ、簡単だったよ。雫ちゃんのカバンを漁らせることなんてね。あっくんに催眠術の本を渡したとき、雫ちゃんは催眠術の本を机の上に置いておいたって私教えたよね？　あれも嘘なんだ。本当の場所は机の中。私に催眠術をかけた後、あっくんが机の上に催眠術の本を戻せば、雫ちゃんは隠し場所から別の場所に動いていることに焦って常に催眠術の本を持ち歩くと思ったんだよ」

その時、全てがつながる。

俺を罪悪感で縛るために、おそらくすべてりんこは計画していたのだ。

催眠術の正体をにぎり、俺に催眠術をかけさせ、本の在処の偽情報を教えて俺に別の場所に本を置かせて、雫を疑心暗鬼にさせて本を持ち歩かせ、そして速水を利用し催眠術という魔法をバラす。

りんこは催眠術にかかっているため、多少の誤差はあったとしても、決定的に俺の不利になるようなことはできない。そうしてアリバイを作った。

りんこにとって催眠術が本物だったということ、罪悪感に俺が屈せず……いや、俺がりんこの責任をとらないようなクズ人間だったことを除けば、すべて彼女の計画通りだったのだ。

「あっくんがもう少し、弱い人間だったら穏便にすんだんだけどね。もういいよ」

胸ぐらを離し、俺を地べたに下ろすりんこ。

「絶対に壊してやる。そうして、今度こそ、私のものにする」

何も言い返すことはできなかった。

毎日好き好き言ってくる幼馴染は、俺のことを親の仇のようににらんで、また胸ぐらを掴み、そしてキスを繰り返す。

意識が朦朧とする中、俺はされるがまま、乾いた砂地に横たわっていた。

4　大魔王系編集者の企み

「吉沢さん……？」

「は……はひっ……なんでしょう……っ？」

「もしかして笑ってます？」

「わ、わらってません……んふっ」

ことの経緯を漏らさず伝えた。

俺がどれだけ悩んで、どれだけ悲しんだかも、だ。

それなのにこのクソ編集は腹を抱えながら笑いを堪えている。

おそらくこの女に赤い血は流れていない。

たぶん紫とかそんな感じの悪魔的な血が流れている。

「俺は本気で悩んでるんですよ！　雫には無視されるし、りんことも最近は連絡とれないし……もう、どうすればいいかわからないんですよ……！」

真剣な面持ちで告げると、吉沢さんは体勢を立て直す。

「……まず確認させていただきたいのですが、市野先生、あなたは嘘をついて献身的な幼馴染に催眠術をかけ馬車馬のように働かせた挙句、わがまま放題の義妹が好きだと言ってしまうようなクソゴミ人間でよろしいですよね？」

「事実かもしれませんが少し言い過ぎでは……ッ？」

事実でなければ思いっきりグーで殴っているところである。

事実でよかったなまったく！

「失礼しました。少しオブラートに包んだほうがよかったですね」

「よかったです……吉沢さんにも人の心があって」

「では今度から市野先生のことは伊◯誠と呼ばせていただきますね」

「オブラートの意味知ってる？」

SNSで荒れそうなセンシティブなボケをかました後、吉沢さんはくすりと笑う。

この人は人をコケにするときだけ本当によく笑う。

おそらくその歪んだ性格のせいでこの歳《レベル》まで人生ソロプレイなのだろう。かわいそうに。

どれだけこじらせてもこうはなりたくないものである。

「何か失礼なことを考えていますね？」

「ふぇっ？　なんのことですぅ？」

「言っておきますけど、市野先生の弱みをすべて私は知ってしまったんですよ？」

「すみませんでした」

しまった……。

性格の悪……頭の良い吉沢さんに弱みを握られたということは、彼女の言いなりにならなければ社会的に殺されるということ。

若干どころか時を巻き戻したいと願うレベルで後悔していると、吉沢さんは真剣な面持ちで口を開いた。

「結論を出すにはいくつか確認が必要です。義妹の雫さんと幼馴染のりんこさん、市野先生はどちらと恋仲になりたいのですか？」

「こ……恋仲って」

「市野先生のミニトマトくらいの大きさしかない脳みそじゃ理解できませんでしたか、失礼しました。どちらと恋人になりセックスしたいかと聞いているんです」

「せ……せっ！」

美人の人が性的な発言をすると、なんだかもにょい気持ちになりますよね。

「さっさと答えてください」

「で、でもですね！　そんな直球に言われても困るというか……！」

「はぁこれだから童貞は」

「うっ……！　よ、吉沢さんはたくさん経験あるかもしれないですけど、俺まだ高校生だし……そういうのはよくわからないというか……」

「……」

「えっ、なんで急に黙るんですか？」

「……」

「よ、吉沢さん……まさか、しょ」

「それ以上喋るとぶち殺しますよ？」

「ひえっ！」

地雷を踏み抜いた俺に対して、殺すぞと言わんばかりににらみつける吉沢さん。

薄い壁なら貫けそうなほどするどい眼光だった。おそろしい。

「と、とにかくあなたは義妹と幼馴染、どちらを選ぶんですか？」

こほんと咳払いして、椅子の背もたれに背中をあずける。

もうとっくのとうに結論を出している問い。

しかしながら俺にとって、第三者に自分の気持ちを打ち明けるのは勇気のいること。

少しだけ震える唇を開いて、ゆっくりと舌を動かす。

「俺は……雫を笑顔にしたいんです。初めて出会った時から、ずっとその気持ちは変わりません」

「……なぜそう思うんですか？　話を聞く限り妹さんの性格は最悪だし、明らかに幼馴染さんのほうがまともな人間だと思いますけど。まぁちょっと腹黒ですけど、許容範囲でしょう」

りんこのことをちょっと腹黒で済ませられるこのお方のお腹の中を少しだけ見てみたいと思うけれど、後悔しそうなので考えるのをやめた。

まぁ、もっともな疑問だろう。

雫はわがままだし、理不尽だし、嘘だってつくし、おまけに暴力だって振るう。

良くないところをあげればキリがないだろう。

対してりんこは、非の打ち所がない。

まさに男が理想とする女の子だ。

けれど雫には、マイナスな点を補ってあまりあるほどの魅力があるのだ。

他の人がどう思うかはわからない。

でも俺にとっては、催眠術をかけてまで俺を惚れさせようとする健気さや、時折垣間見える優しさや、空回る鈍臭い立ち振る舞いでさえ、可愛く見えてしまう。

俺は雫が好きだ。

誰がなんと言おうと、その事実は変わらない。

「…………俺は、雫が好きなんです。あの性格も含めて、理由はうまく言えないけど、本当に、好きなんです」

背中に汗が滲む。

恥ずかしくてどうにかなりそうだった。

……よく考えたら今の状況は割と地獄なのでは？

俺は今、自分の担当編集に「俺、妹が大好きなんです！」と告白した。

疑う余地もなく黒歴史確定。

穴があったら入りたい。入りたいどころか埋まりたい。

「……市野先生は、献身的な幼馴染を利用するクソゴミ人間です」

「うっ……」

人の傷口に火薬をぶち込んで点火する勢いの吉沢さん。

事実故に心にくる。

やはりこの人には人の心がないようだ。

「けれど、どっちつかずのクズではない。正否関係なく、市野先生はちゃんと答えをだした。それを幼馴染さんにも伝えている。その点は評価できます。あなたの決断を尊重して、私も力を貸しましょう」

「よ、吉沢さん……！」

前言撤回。まじで吉沢さん神。

吉沢さんは、りんこほどではないけれど頭がキレる。

大抵俺のメンタルが犠牲になるが、サイン会ダブルブッキングだって吉沢さんの作戦により切り抜けることができたのだ。

「市野先生の目的は、義妹との冷え切った関係を改善したい。で、よろしいですね」

「はい！」

「ではやることは至極シンプルです」

「えっ!?」

俺が返事をしてからノータイムで吉沢さんは答え、そしてニヤリと笑う。

「私の言う通りにすれば必ず、雫さんとの関係は改善され、さらに義妹らぶらぶルートまっしぐらに修正され、新作小説も飛ぶように売れるでしょう」

「そ、そんなことありうるんですか……？」

「ありえます。可能です」

「おお……っ！」

少しだけ嫌な予感はするけれど、雫との関係はどの道手詰まり。

いわゆるゼロからのスタート。

落ちるところまで落ちている俺は、もう這い上がるしか道はない。

多少リスクが大きかったとしても、挑戦しなければゼロのまま。

とにかくどんな方法だろうと少しでも可能性があるならやるしかないのだ。

「その代わり、私の言うことには絶対に従ってください。言うことを聞かなければすべて台無しになってしまいます」

「なるほど……」

嫌な予感が少しだけ大きくなる。

妙に念押ししてくるな……。

吉沢さんとの付き合いは結構長いので、なんとなくわかる。

こういう風に俺の行動を制限しようとするときは、大抵俺のメンタルが崩壊しかけるようなイベントが後々に控えている時なのだ。

しかしながら……効果は絶大。

メンタルを犠牲にした分、得られる効果も大きいのは事実。

「わかりました。吉沢さんを信じます」

どの道進むしかない……！

「よろしい……それでは、早速はじめましょうか」

「え……な、何を……するつもりですか？」

吉沢さんは立ち上がり、カバンからポーチのようなものを取りだし、さらにそのポーチから、何やら液体のようなものや筒のようなもの、よくわからない棒状のものをとりだす。

「動かないでくださいね」

「あっ！　ちょっ！　ひゃぁあっ！」

濡れタオルで顔面をこねくりまわされる。

「動くなって言ってるでしょ」

「ぐえっ！」

喉仏を強く握られる。

い、息が……っ！

俺はなす術もなく、顔面によくわからない液体やら粉やらを塗りたくられた。

5　毎日死ね死ね言ってくる義妹と、義妹モノラノベ作家の取材。

太陽の光が、そびえ立つ青色のビルに反射し、肌に突き刺さる。

夏休みということもあって、人通りがかなり多い。

俺はそんな人の海で、待ち合わせで有名な、犬の銅像の前でスマホをいじりながら立っていた。

スマホをいじっているといっても、ＳＮＳや動画を見ているわけではない。

カメラを鏡がわりにして、前髪をつついているのだ。

「うまく決まらないなぁ……」

もちろん、普段ならそんなことはしない。

普段の俺の容姿は、美容に気をつけているとはお世辞にもいえない。

髪の毛はボサボサで、普段はヨレヨレのパーカーと丈の合ってないデニムを着ている。

まぁ、普段は、だけれど。

「ちょっとそこの君！　よかったら僕とお茶しない？」

見るからにチャラそうな男に声をかけられる。

俺は精一杯猫撫で声を作って。

「ごめんなさいですぅ～今友達まっててぇ～」

そう、今の俺は普段の俺ではない。

サイン会であまりの可愛さにちょっぴりＳＮＳがざわついた、市野先生（吉沢さんのメイクにより完璧に女装している俺）なのだ。

白のワンピース、肩にデニムのトップスを引っ掛けて、さながら黒髪ロング高身長年上お姉さん的な出立ちだった。

正直、クラスの女子と比べても遜色ないほどに可愛い。自分にこんな才能があったのかと少し不安になるレベルだ。

「そんなことに言わないでさぁ〜友達も一緒にどう？」

「で、でもお店とか予約してるんでぇ〜」

「マジ？　じゃあ俺もそこに行っちゃおうかなぁ〜」

「こ、困りますぅ〜」

し、しつこいなぁ……。

りんこや雫はよくナンパされるらしいけど、こんな感じなんだな。なんというか、すっごい不快だ……。

男の視線は俺の胸や足に注がれている。女の子は男の子の視線に気づくと聞いていたけれど、どうやら本当らしい。

チャラ男に対してまごついていると、背後から聞き覚えのあるトゲトゲしい声が聞こえる。

「ちょっとアンタだれ？」

声の主は、俺とチャラ男の間に割って入る。

艶やかな黒髪が風になびく、かすかに柑橘系の香りがした。

涼しげなデニムホットパンツに、スキントーンに馴染むベージュブラウスを合わせて爽やかな夏コーデ。

黒を効果的に散らして、淡い色合いを引き締め、それによりバランスの取れたスタイルがさらに際立っている。


まごうことなき美少女。

俺の義妹、市ヶ谷雫が、待ち合わせ場所に到着した。


「えっ！　ちょっ！　君かわいいね！　君が友達!?　よかったら俺と一緒にお茶でもどう!?」

雫を見た瞬間、チャラ男はテンションをさらに上げてまくし立てる。

まぁ気持ちはわかる。

こんな美少女そうそういないもんな。

そんなテンション爆上がりなチャラ男を雫はゴミを見るような目でにらみつける。

「……キモ。服ダサ。香水趣味悪」

夏場だというのに、背筋が凍りそうになる。

小さな声のはずなのに、体の芯に響く。

俺がいつも言われていた悪口なんて、ただのじゃれあいと呼んでも差し支えないくらいの威力。

確実に駅前の温度が二度ほど下がった。

そう思えるくらい、雫の一言は強烈だった。

「え……あっ……すみ……ませんでした……」

流石のチャラ男さんも、雫のゴミを見るような目と、凍えるような一言でメンタルブレイクしたのか、すごすごと人混みの中へ消えていった。

「……すみません。遅くなってしまって」

先ほどの悪鬼羅刹のようなオーラはなりを潜め、雫は心底申し訳なさそうにそう言う。

「……あ、いえ、全然だっ、だだ、大丈夫ですぅ～」

やべぇ……！　いつもと雰囲気が違いすぎて面食らったのと、久しぶりに雫と会話したのもあって、もごもごと喋ってしまった……！

「今日はお招きいただきありがとうございます。私でよければなんでもお話しいたしますので！」

「えっ……」

「どうかしましたか？」

「あっ、なんでもないです」

雫はやる気に満ちた表情で、鼻息を荒くしながらそう言った。

あれ、何この美少女？

毎日死ね死ね言ってくる義妹はどこに行ったの？

「あの市野先生に直接取材していただけるなんて本当に光栄です。この前発売した最終巻も本当に最高で……！」

「い、いえいえ、こちらこそ急なお誘いなのに、取材受けてくださってありがとうございます」

そう、今回の目的、もとい目論みとは……！

市野先生（女の子）として、雫に接触し、俺のことをどう思っているか聞く大作戦だ……！

取材と称して連絡すれば、俺の書いている小説の大ファンである雫は必ず食いついてくる。

女装して自分のことをどう思っているか義妹に聞くという拷問に近いシチュエーションを除けば、雫が何を思っているか聞くことができる完璧な作戦である。

それに今後の俺と雫の関係を左右する重大なミッションも織り込み済みだ！

流石は吉沢さん。俺のメンタルはボロボロになるけれど多大なる成果はもたらしてくれる。

「それじゃあ、個室のお店を予約してあるので、そちらまでいきましょうか」

「はい！」

元気よく返事をする雫。

俺とりんこの前じゃあんなにツンツンしているのに、他の人の前だとこうも違うのか……。

眉間にシワをよせているしかめっつらは変わらないけど、いつもより物腰はやわらかい。

クラスの女子とは問題なくコミュニケーションはとれているみたいなので、これが本来の雫なのだろう。

「私の顔に何かついてます？」

「い、いえ、なんでもありません」

しばらく歩いて、あらかじめ予約してあった老舗の料理店に到着する。

高いだけあって雰囲気にも高級感があった。

純和風で格調ある店内に庭を眺める座敷の個室や宴会席がある他、はなれを併設。

季節に合わせた四季の会席コースを提供してくれるらしい。

和風な室内に入り、ふすまをしめて、料理を注文し、そしてさっそく本題に入る。

「改めて、今回は急なご相談にもかかわらず、取材を受けてくださってありがとうございます」

「いえいえ！　全然大丈夫です！」

肩に力が入っている様子の雫。

そりゃそうだよな。俺だって憧れの作家さんに取材させてくれと言われたら嫌でも力が入る。

「でも……以前はお兄ちゃんに取材してたんですよね」

「ふぁっ!?」

「……？　どうかしたんですか？」

「い、いえ、なんでもないです」

ちょっと待って雫って俺がいない時は俺のことお兄ちゃん呼びしてんの⁉

催眠術かけられた時とかは、たまにお兄ちゃん呼びしてたけど、普段はクソ兄貴だとかそういう呼び方しかされなかったのに……！

意外な一面を垣間見て、そわそわしていると、雫は不思議そうにこちらを見つめてくる。

いかんいかん！　ボロを出せば勘づかれる。

冷静に対処しなければ……！

「お兄さんにはもうたくさん取材させていただいたので」

「そ、そうですか……。それって最近ですか？」

やはりきたかこの質問。

ここは吉沢さんと組み上げたマニュアル通りに答える！

「最近はあまり話せていないですね」

「そ、そうですか」

雫は安心したのか、ほっと胸を撫で下ろす。

おそらく、彼女は今こう考えているだろう。

『もし市野先生がお兄ちゃんに取材をしていたら、私が催眠術をかけてお兄ちゃんを惚れさせようとしたことがバレてしまっていた。あぶないあぶない』

と……！

今回の目的は雫を凹ませることではなく、雫の真意を聞くことにある。

そういったフォローは忘れない。

「そ、そういえば以前サイン会でお会いした時お兄ちゃんに取材をしてたって言ってましたよね！」

露骨に話題を変えようとする雫。

最近俺と話せていないから、兄が今どうなっているか聞かれることを恐れているのだろう。

急に本題に入っても不審がられるか……。

「気になりますか？」

俺は雫の企みに乗った。

「はい！　以前取材した際には妹の魅力についてお兄ちゃんは語っていたんですよね！　できればその際に、お兄ちゃんが私のどこを可愛いと思っていたのか気になりまして……！」

「へ？」

「こ、これを質問するのは別に深い意味はないんですけど、あくまで知識欲の一環として、聞いておきたい次第でございます！」

あせりすぎて日本語おかしくなる雫さん。

ちょっとまってこんな展開になるなんて聞いてないんですけど……！

「えっとその……」

雫のどこがかわいいと思ったかを本人の前で語るなんて羞恥プレイもいいとこである。

あまりの恥ずかしさに舌を噛み切って自害してしまうかもしれない。

「お兄ちゃんはなんて言ってたんですか？」

瞳をキラキラ輝かせる雫。

ここで答えなければ不自然極まりない……！

俺は奥歯を噛み締め、意を決し、口を開いた。

「その……恥ずかしくてツンツンしちゃうところとか……かわいいって……言ってましたね……っ！」

「へ、へぇ……っ！　そ、そうなんですか！　へぇ〜っ！」

雫は平常を装っているつもりなのだろうが、上がりそうになる口角を抑えきれていない。にょによと、変な笑みを浮かべていた。

対して俺は、血が出るレベルで舌を噛み締めていた。

限界ギリギリの痛みにより羞恥心を消し去ろうとするムーブ。

若干だが和らいだような気もする。

「じゃあその、外見について何か言ってませんでしたか？」

「が、外見？」

「はい、たとえば、あの時着ていた服装が良かっただとか……こういう格好してくれたら興奮するとか、そういうのです！」

「はぐわぁっ！」

「市野先生っ!?」

あぶないあぶない。

雫の地獄すぎる質問のせいであやうく心臓が止まるところだった。

「だ、大丈夫ですか？」

「い、いいえ、不整脈が少しアレしただけです……」

「無理しないでくださいね……」

内面に引き続き外見まで褒めるだと⁉

それに興奮するかどうか⁉

妹に興奮なんてするわけねぇだろ！（大ウソ）

いや褒める分にはなんら問題ないんだけどね！

たくさん褒めるところはあるんだけどね！

だけど本人の目の前で言うとなるとちょっと恥ずかしくて死にそうなるよね……！

「市野先生？　顔赤いですよ？　どうかしたんですか？」

「い、いえ！　なんでもありません！」

だかしかし！

ここで答えなければ不審に思われるのは必定。

ええいままよ！

「その……髪の毛を耳にかけたりする仕草とか、可愛らしいお耳が見えて、すごく良いって……言ってましたよ……っ！」

「お耳!?」

「お耳です……っ！」

「なるほど……！　お兄ちゃんは私の耳を見て興奮していたということでよろしいでしょうか？」

「よ、よろしいのでは、ないでしょうか……っ！」

「じゃあ好きな服装は？」

「え、あ」

「もちろんそういうことも聞いてますよね！　なんたって義妹についての取材なんですから！」

「……リビングだけで見せる、す、少し際どいホットパンツなんかすごく可愛らしいって、言ってましたね」

「へ、へぇ～！　そうなんですねぇ～！　お、お兄ちゃん私のおしりのラインを見て興奮してたんですねぇ～っ！」

そこまでは言ってねぇだろ！

まぁ事実だけど……！

とにかくこれ以上はまずい！

これ以上は全身の穴という穴から血を噴き出して死んでしまう！

それほどまでに羞恥が限界を超えている！

「じゃあ胸はどうなんですかね……？」

「へ？」

「お兄ちゃんって、おっぱい大きいほうと小さいほう、どっちが好きなんですかね……」

「げぼぉっ！」

「市野先生!?」

「だ、大丈夫です」

「でも吐血するなんて……！」

「最近ちょっと小説のほうが忙しくて」

「執筆活動って命がけなんですね……」

ハンカチで口を拭っていると、襖が開いて豪華な料理が運ばれてきた。

刺身やら天ぷらやら、名前はよくわからないけどすっごい美味しそうなやつやら、様々だ。

雫はキラキラした瞳で、それらの料理を見つめていた。

「ど、どうぞ食べてください。ここの料理すごく美味しいらしいですよ」

「たしかにすごく美味しそうです！　ありがとうございます！」

雫は好物であるお刺身を食べて、うんうんとうなっている。

美味しい料理により先ほどの質問のことはすっかり忘れているようだった。

まぁ雫もツンツンしてはいるけど、まだまだ高校生。

俺も美味しい料理の前では些細な問題など忘れてしまう。

「で、話に戻るんですけど、お兄ちゃんってどっちのおっぱいが好きなんですかね？」

「ぶふぅっ！」

「市野先生!?」

「な、なんでもありません！　大丈夫ですから！　大丈夫ですからー！」

「でも目から血がっ！」

「徹夜明けなので……！」

「徹夜の反動すごいですね……っ！」

まったく忘れていないどころか、刺身を一切れ食べた後雫は箸を置き、そして身を乗り出して質問を繰り返した。

自分の妹に小さいおっぱいと大きいおっぱいどちらが好きですかと聞かれるだけでも厳しいのに、ここからさらにそれを答えなければいけないとなると、もう頭がどうにかなりそうだった。

「私的には、お兄ちゃんは小さいほうが好みだと思うんですよね」

「な、なぜそう思うんですか？」

「だってお風呂上がりとか、結構薄めのタンクトップ着てリビングをうろつくんですけど、視線が脇に集中している気がするんです」

「へ、へぇ～。そうなんですかぁ～」

ば、ばれてたぁっ～っ！

めちゃくちゃ見てたのばれてたぁ〜っ！

だってすっごい際どいんだもん！

ブラチラしちゃいそうなくらいゆるゆるなんだもん！

勝手に視線が吸い寄せられちゃうんだもん！

「カタイモにも、風呂上がりの妹の……その、脇からブラが見えてて、それをガン見するお兄ちゃんの描写ありましたし、あれもやっぱりお兄ちゃんの取材により得た情報で書いたんですよね？」

「えっ……あっ……」

「あの描写、家具の配置もそうだし、その時の状況とか私とお兄ちゃんの状況と全く一緒だったので、そうなんですよね？？」

くっそぉっ！　俺の観察眼の鋭さと記憶力の良さが仇になったかぁっ！

今思えば、雫とのそういったエピソードは実際、作品に大きく影響している。

雫が共感してもおかしくないほどに。

「そ、そ、そそ、そそそうです」

ふとももをつねりながら肯定する。

「やっぱりそうだったんですね！　まったく！　義妹の胸に興奮するなんて本当にエッチなお兄ちゃんですよね！　まったくですよ！　まったく！」

口ではツンツンするもののまったくニヤケが抑えられていない雫さん。

あーもう無理だ！

この話を続けるのはまずい！　一刻も早く終わらせなければ……！

「そういえば、お、お兄さんも言っていましたよ」

終わらせるんだ！

最小限のダメージで！

「大きいおっぱいよりも……っ！　雫ちゃんのようなひかえめなおっぱいのほうが大好きだって……っ！」

「や、やったぁ！（妹をそんな対象で見るなんて本当に気持ち悪いお兄ちゃんです！　まったく！）」

おそらく本音と建前が逆になっているであろう雫さんを尻目に、俺はてんぷらを頬張る。

もうどうにでもなれ……！

「あ、すみません。今日は市野先生に取材をしてもらう日なのに、私ばかり質問をしてしまって」

「いえいえ、大丈夫ですよ。それじゃあそろそろ、私も雫さんに質問してもよろしいですか？」

おっと……！　あまりのメンタルダメージに、今回の取材の趣旨を忘れてしまうところだった。

俺の今回の目的は、雫の真意を聞く。

雫が今、俺のことをどう思っているか知ることこそが、関係改善の第一歩になるのだ（吉沢さんが言ってた）。

「はい、私が話せることであれば」

喉をこくりと鳴らして、お刺身を飲み込んだ後、雫はそう言った。

「では、単刀直入にお聞きします。ズバリ雫さんは、お兄ちゃんである市ヶ谷碧人くんのことをどう思っていますか？」

そういうと、空気が張り詰める。

雫は先ほどまでのとろけ顔から、一気に、いつものしかめっつらに戻る。

「えっ……お、お兄ちゃんのことじゃなくて、私のことですか……？」

「ええ。そうです」

「てっきり、お兄ちゃんの私生活の様子とかを聞かれると思いました……私の気持ちなんて聞いても、その、作品に活きないんじゃないですか？　ほら、ライトノベルって男性視点で進むじゃないですか」

やはり話したがらないか……。

その後も、つらつらと喋らない言い訳を並べる雫。

かわいそうだけど、ここで逃すわけにはいかない！

「可愛らしいヒロインの気持ちを知ることも、作品を良くするために必要なことなんです」

「か、可愛らしい⁉」

「ええそうです」

もっともらしい理由をつけて、今現在俺のことをどう思っているのかだけでも聞いておきたい。

それがわからなければ、今後雫に対してどう接していいかわからないからだ。

さぁどうでる雫！

お兄ちゃんは己が培ってきたすべての小説技術、語彙力を駆使してお前の気持ちを聞き出してみせるぞ！

そう心の中で意気込むと同時に、雫はゆっくりと話しだした。

「そ、それってお兄ちゃんがわたしのことをそう呼んでるってことなんですか？」

「え？」

思わず呆けた声をあげる。

「お兄ちゃんが、私のことを、その……可愛らしいヒロインだって、言ってたんですか？」

「……」

もじもじしながら赤面する雫。

今の話をどう曲解すればそういう話になるのか俺には理解できなかった。

雫は勉学に関しては成績優秀だ。

しかし要領というか、そういう知識によらない頭の使い方は苦手らしい。

「ち、違うんですか？」

思い込みの激しすぎる妹の今後を憂いていると、雫が質問の正否を聞いてくる。

不安そうな雰囲気……！

ここで彼女の機嫌を損ねるわけにはいかない！

「いや、えっと、よ、呼んでましたね。雫はかわいい俺のヒロインだって」

机の下で自身の手の甲を引きちぎる勢いでつねりながら、そう答えた。

「ふ、ふぁぁっ！」

ご満悦。

そういう三文字がぴったりなくらい、雫の瞳は喜びに満ちていた。

羞恥心に悶えていなければ、答えを聞かずとも雫の心中を察することができただろうけど。

今の俺はそれどころではなかった。

「わかりました……市野先生には、すべてを教えます。私がお兄ちゃんをどう思っているかも、私とお兄ちゃんの間に何があったかも……」

「ありがとうございます、雫さん……！」

そして、あまりにも大きな代償を支払い、俺はようやく本題へと入ることができた。

＊　＊　＊

個室に入り、三十分ぐらい経っただろうか？

時刻は午後三時を回ったくらい。

雫は、緑茶をひとくち飲んで、語り始める。

「結論から話します。私はその……お兄ちゃんのことは……き、嫌いではありません。むしろ好いている部類だと思います」

その言葉を聞いた瞬間。脳内を喜びの感情が埋め尽くす。

催眠術にかけられた時から、とっくのとうに知っていた事実。

しかし雫と疎遠になってからは好意を明確に伝えられたことはなかったため、改めて口にしてもらうと、嬉しいというか、安心するというか、気恥ずかしいような、なんだか不思議な気持ちになった。

催眠術にかかったフリをしていた俺でも、嘘をついていた俺でも、変わらず雫は多少なり好意を向けてくれている。

不安だった部分が少し解消され「ほっ」とため息を吐く。

そして雫のほうに視線をやる。

彼女は今にも泣きそうな顔をしていた。

「けど……色々あって、いまはその……私はお兄ちゃんに、嫌われてます……たぶん」

歯切れ悪くそう言う雫。

目にはじわりと涙を溜めていた。

「なぜ、そう思うんですか？」

「それはその……」

口ごもる雫。

そりゃそうだよな、兄を催眠術で惚れさせようとしたんだけど失敗してました！　だからたぶん嫌われてます！　……なんて、俺だって言いたくない。

だから、助け舟を出す。

「喧嘩でも、しちゃったんですか？」

「そ、そんな感じです」

俺の助け舟に雫は全力で乗っかると、また悲しそうにうつむいた。

「喧嘩しちゃったにしろ、雫さんのお兄ちゃんは、その、雫さんをそう簡単には嫌ったりしないと思いますよ？」

「……ただの喧嘩なら、そうだと思いますけど」

「ただの喧嘩じゃないんですか？」

「あ、え……ただの喧嘩です」

雫は真実を話すことを恐れている。

事実、雫のしたことは世間的に見ても褒められたものじゃない。

催眠術が本物かどうかの信憑性や、俺が催眠術に掛からなかったことはさておき、人の気持ちを操り、書き換えようとしたのだ。

雫自身それを恥じているのだろう。

俺は、雫と目を合わせる。

彼女は、親に怒られるのを恐れている子供のような目をしていた。

「……ここで話したことは、絶対に他言しませんから安心してください」

だからこそ、笑顔でそう告げる。

事実もう他言する必要はない。

申し訳ないけれど、吉沢さんも俺も知っている。

「で、でも……」

「雫さんはお兄さんと仲直りしたくはないのですか？」

「いや……それは、もちろんしたいですけど」

関係を元に戻し、そして改善したいという雫の意思を聞いて安心する。

ここで雫に拒絶されれば潔く身を引こうと思っていた。

お互いに目的が同じなら、あとは筋書きを整えるだけ。

「ではこうしましょう」

人差し指を立てて、笑顔で雫を見つめる。

「私はお兄さんと結構長い付き合いです。彼の考えていることは大体わかります。ので、雫さんが今の悩みを打ち明け、その内容を取材させてもらえるのなら、私が雫さんをお兄さんと仲直りさせてあげましょう」

「ほ、本当ですか!?」

俺の提案に対して、雫は身を乗り出して食いつく。

その反応に、若干の嬉しさを感じるけれど、表情はくずさない。

ここで失敗すればすべて台無しになってしまう。

「もちろん、本当です」

「……話しても、ひいたりしませんか？」

「私だって、異性とのやりとりでの恥ずかしい体験なんていくらでもしています。少々のことじゃ引いたりしませんよ」

「い、市野先生……！」

窓から入ってくるやわらかい日差しが、雫の目元にある水滴に反射して、キラリと光る。

「わかりました。すべて、お話しします」

眉をひそめて、雫は祈るように手を組んだ。

「私がしてしまった、過ちを」

＊　＊　＊

「なるほど……そういう経緯があったんですね」

催眠術で兄を惚れさせようとしていたこと。

そしてそれがバレて、いや、正確には兄が元々催眠術にかかっていないことを知って、現在は口も聞けないほど、気まずい関係になっていること。その他細かいイベントまで。

時間にして一時間くらいだろうか？

ことのあらましをすべて、雫本人の口から聞いた。

もちろん俺は当事者の一人なので、すべて知っているんだけど……。

「私はきっと、お兄ちゃんに幻滅されました……」

ぽつりぽつりと、言葉を紡ぐ雫。

経緯をしゃべる際に、ゆっくりと瞳に溜まっていた涙が、ついに溢れる。

「私は……お兄ちゃんの優しさに甘えていたんです。本当は大好きなのに、素直になれなくて、自分の心が弱いだけなのに、催眠術の本になんか頼って、お兄ちゃんの心を操ろうとした……」

俺やりんこの前では、絶対に見せないであろう本音。

面識が少なく、味方だと確信している市野先生だからこそ、雫は吐き出せているのだ。

「お兄ちゃんを催眠術にかけていた時は……いいえ、かけていると勘違いしていた時は、本当に楽しかった。お兄ちゃんはなんだって言うことを聞いてくれたし、私も、本当の自分を出せた。けど、それはただのわがままだった。嘘の繋がりにすがって、地味女にだって図星をつかれてたのに、ずっと気づかないフリをしていたんです」

玉のような涙が、机に落ちる。

いくつもできた涙の玉に、雫の悲しそうな顔が反射していた。

「その代償が、今です。お兄ちゃんとも本当に喋れなくなって、地味女に……お兄ちゃんを取られて……っ！　キスまでされて……っ！　私だけ催眠術に踊らされて勝手に盛り上がってただけで、お兄ちゃんはそんな私を見ていて、きっと気持ち悪いと思ったはずです。ウザいと思ったはずです。自分の思い通りにならなかったら暴力までふるっていたんですから……」

雫は、涙を隠そうともせず、ぽたぽたと落としながら、苦しそうに呟いた。

「私は、お兄ちゃんを好きになる資格なんてなかった。私がお兄ちゃんの妹になってから、お兄ちゃんはずっと私にチャンスをくれていたのに、優しくしてくれていたのに、両親が亡くなったことを理由に勝手に卑屈になって、勝手にわがままになって……」

息をするにも苦しそうで、今にも死んでしまうんじゃないかってくらい、彼女は苦しんでいた。

自身がついた嘘によって、催眠術によって、苦しめられていた。

俺自身と同じように。

「雫さん、あなたはひとつ誤解しています」

「えっ……？」

これから言うことは、吉沢さんからのアドバイスではなく、俺自身の本音。

雫との関係改善のために吉沢さんと作った台本にはないセリフだ。

吉沢さんの計画では、このまま俺の気持ちを明確にすることはなく、あくまで第三者として接し、そうして、雫自らが俺に接触するよう仕向ける。

吉沢さん曰く、市野先生の口からとはいえ、俺の気持ちすべてを一気に雫に伝えると何やらまずいことになるらしい。

たぶんだけど、市野先生が、市ヶ谷碧人の本音を語りすぎれば、それだけ女装がバレるリスクが高くなるということだろう。

「……」

けど、それでも。

リスクが高かろうが低かろうが、もう関係ない。

俺の目的は雫を笑顔にすることだ。

幼少期に両親を亡くし、うちに引き取られた女の子を、血の繋がらない妹を、笑顔にしたい。

心の底から、みんなの前で笑える……いや、これは綺麗事か……。

みんなの前じゃなく、俺の前で笑ってほしい。

催眠術関係なく、女装関係なく、市ヶ谷碧人の前で、笑ってほしいのだ。

だからこそ見過ごせない。

「お兄さんは催眠術にかかったフリをしていたんですよね？」

「は、はい。そうだと思います。ずっと嘘をついてたと言われましたから……」

「素朴な疑問なんですけど、雫さんは、好きでもない男の子が、自分の寝ている隙に催眠術で惚れさせようとしてきたら、どうしますか？」

「え……？　そ、それは、普通に抵抗しますけど……」

そう、普通に抵抗するのだ。

もし俺が雫以外の異性から催眠術にかけられそうになれば、普通に抵抗するし、催眠術がかかっていなければ、演技などしない。

何やってるんですか？　と、問い詰めるだろう。

「では、お兄さんが雫さんを催眠術で惚れさせようとしてきたらどうしますか？」

「お、お兄ちゃんが、私を……？」

「ええ、俺のことを大好きになれ。と言われたらどうしますか？」

「それは……その……」

雫は頬を赤くして、もじもじしている。

そしてゆっくりと、視線をあげて。

「……かかったフリをすると、思います」

「なぜかかったフリをするんですか？」

「え、だ、だって、かかったフリしなきゃ、お兄ちゃんは卑屈だから、私に好意を伝えてしまったことを死ぬほど恥ずかしがると思います。そ、そうなったらたぶん、お兄ちゃんは私から距離をとるし……」

「そういうことです」

「え……」

「だから、お兄さんも同じ気持ちだと言っているんです」

「……あ」

そう、嫌いな相手ならそもそも催眠術にかかったフリなんてしない。

その場で指摘する。

え、催眠術かかってないですよ？　と。

アンタを殺して私も死ぬだとか、恥ずかしくてもう話しかけられなくなるだとか、相手の都合なんて知ったことではない。

どうでも良い相手なら、極端な話、勝手に死のうが話しかけてこなくなろうが、関係ないのだ。

しかし俺は、催眠術にかかったフリをした。

雫のことをもし俺が嫌いであれば、間違いなく「何してんの？」と、冷たくあしらうだろう。

催眠術にかかったフリをした理由は至極簡単。

先ほど雫が言った理由と同じ理由。

俺は雫に嫌われたくなかった。

むしろ惚れさせようとしてきたという事実を知って、嬉しかったのだ。

「でも私、お兄ちゃんを脅迫みたいなことしちゃってたし、それで催眠術にかかったフリしたのかもだし……」

「雫さんが本当に人の命をとるような人間だと思うなら、その場で嘘をつくだけついて、警察に相談するなり親に相談するなりしたでしょう。そのタイミングはいくらでもあった。でもお兄さんはそれをしなかった」

「じゃ、じゃあ、お兄ちゃんは……！」

「きっと、雫さんと同じ気持ちですよ。彼はただ、あなたとの関係を壊したくなかったんです」

これ以上は、市野先生として言うのは間違っているかもしれない。

市ヶ谷碧人として、雫に伝えなければいけないのかもしれない。

それでも、今、伝えたかった。

「お兄さんはあなたのことが大好きだった。だから催眠術にかからなかったし、かかったフリしていたんです」

「……っ！」

顔を真っ赤にして、目を丸くする雫。

「一番初めにお兄ちゃんにかけた催眠術は……『私のことを大好きになりなさい』。お兄ちゃんは元から、私のことが大好きだった……だから催眠術にかからなかった……それでも、私との関係を壊したくなかったからかかったフリを続けた……」

小さな声で、今告げた事実を確認し、さらに顔を赤くする。

恥ずかしそうな雫を見て、なんだか俺まで恥ずかしくなってくる。

数秒間、背中に変な汗をかきながら苦笑いしていると、雫は俺のほうを見つめる。

「じゃあお兄ちゃんは今でも……」

「はい、あなたのことが……その、大好きだと思いますよ」

「ふぁぁぁあっ！」

発情した猫のような声を上げる雫。

俺も俺で間接的に告白したようなものなので、血液が沸騰するんじゃないかってくらい、体が熱くなっていた。

「こ、これでお兄さんと問題なく話せますよね？　嫌われてはなかったんですし」

雫の胸につかえていたものは、これで解消されたはずだ。

催眠術なくても、シラフの状態でも、俺とコミュニケーションをとれるはず……！

「そ、そんなの無理です……っ！」

「へ……？」

予想と反する回答に、思わず素の声が出てしまう。

雫は大粒の汗をかきながら、机でよく見えないけれど、腰のあたりをぎゅっと押さえて、体を小刻みに揺らしていた。

「な、なんでですか？　お兄さんに嫌われてはいないんですよ？　話すくらい問題ないんじゃ……」

「も、もし仮に、その話が本当なら、お、お兄ちゃんと両想いなんですよ!?　は、恥ずかしくて会話できませんっ！」

「そんなぁ……っ！　でも催眠術をかけていた時はすっごい甘えてたらしいじゃないですか！」

「さ、催眠術は特別なんです！　お兄ちゃん正気じゃないと思ってたし！」

ここでようやく理解する。

なぜ吉沢さんが、俺の気持ちを一気に伝えるのはまずいと言っていたのかを。

よくよく考えれば雫は、十年以上も好意を抱いていたのに、素直になれずツンツンしちゃっていた筋金入りのツンデレ。

拗らせに関しては右に出る者がいないほどめんどくさい女の子なのだ。

プラスであろうがマイナスであろうが、恥ずかしくて素直になれない。

それが雫という女の子なのだ。

「で、ではもし仮に、お兄さんから話しかけられた場合どうしますか？」

ならば逆を攻めるのみ！

雫から話しかけられないのであれば、俺から話しかければ良いだけだ！

「そ、そんなの恥ずかしくて……無視しちゃうかもです……っ！」

「どうしてだよぉっ！」

あまりのあまのじゃくっぷりに机をぶっ叩いてしまう。

「えっ、なんで市野先生がそんなに残念がるんですか？」

「あっ、これその……」

まずい……少し脱線しすぎている。

吉沢さんと立てた作戦に軌道修正せねば！

「そう！　取材が捗らないからですよ！　新作もあなたたち兄妹を参考に書こうと思っていますから！」

「そ、そうなんですか!?」

雫はキラキラと目を輝かせている。

病気レベルでカタイモ信者の雫のことだ。

俺が書く義妹モノの新作小説は喉から手が出るほど求めているだろう。

「そ、そうだ！　つ、次は催眠義妹モノにしましょう！」

「さ、催眠義妹モノ……？」

「そうです！　素直になれない義妹ちゃんが、鈍感お兄ちゃんを催眠術で惚れさせようとする話です！」

「それまんまじゃないですかぁっ！」

またも涙目になりながらキーキーと抗議してくる雫。

しかしながらここは押し通さなければならない！

これこそが、吉沢さんと立てた作戦のキモなのだ！

「雫さん確認なんですけど、あなたはお兄さんのことを……その、憎からず想っているというか……好いて、いるんですよね？」

「えっ……ま、まぁ、そ、そそそ、そうですけど？」

緑茶を持つ手をプルプルと震えさせながらも、雫はそう言った。

「市野先生、顔赤いですよ？　熱でもあるんじゃないですか……？」

「お、お気になさらず！」

女装した状態で義妹に、自分のことが好きかどうか聞くなんて、冷静に考えて恥ずかしすぎるシチュエーション。平静を装えるほど俺のメンタルは強くなかった。

少し深呼吸をして、会話を続ける。

「お兄さんと以前のようにお話ししたいと、そう思っているんですよね？」

「……無理だと思いますけど、できればそうしたいです」

「なるほど、理解しました」

好きでも避けるし、嫌いでも避ける。

でもお兄ちゃんと話したい。

罪悪感に囚われ、俺と距離を取ろうとしている雫と接近するには、まずは外堀を埋める必要がある（吉沢さんが言ってた）。

「雫さん、私と協力しませんか？」

「きょ、協力……？」

「雫さんはお兄さんと仲良くしたいし、私はお兄さんと雫さんの関係性や催眠術に関してのネタがほしい。これって利害が一致していると思いませんか？」

「ま、まぁ、そうですね」

吉沢さんの言う通り食いついた！

あとは上手いこと丸め込むだけだ……！

「私は雫さんがお兄さんと仲良くできるように最大限協力します。ので、雫さんも私の言うことをできるだけ聞いてほしいんです。私はこれでも、義妹モノラノベ作家の端くれ、正直、義兄妹の仲を取り持つなんて、赤子の手をひねるように簡単なことなんですよ！」

「た、たしかに！」

結構無理あること言っているような気もするが、雫は一秒とたたず相槌を打つ。

あとは吉沢さんが用意した決め台詞を言うだけなんだけど……。

「ぐぬぅ……」

「どうかしました、市野先生？」

もうここまできたんだ……！

言うしかねぇっ！

「雫さんのお兄さんは取材をするたびに、雫さんのかわいいところを百個近くも言うような、いわば超シスコンなんです！　だから！　私のアドバイスさえ聞けば……その……お、お兄さんと結婚だって、ゆ、夢ではありません！」

「け、けけけけけけけけ、けっこんッ!?」

雫への好意は自覚しているつもりだったけれど、付き合うを通り越して『結婚』だとかそういう単語を聞くと心臓が破裂しそうになるくらい緊張してしまう。

雫もそれは同じなようで、今日一番顔を真っ赤にして、緑茶を机にこぼしていた。

「わかりました……！　先生がそこまでおっしゃってくれるのならば、私も腹をくくりましょう！」

濡れた服もそのままにして、まっすぐと俺の瞳を見つめる雫。

「私、市野先生についていきます！」

「い、一緒に頑張りましょう」

「はい！」

こうして、胃に甚大なダメージを与えながらも、なんとか吉沢さんと設定した『雫と協力関係になる』という目的を達成したのであった。

6　宿敵　笹本鈴紀

雫との取材から一週間後。

編集部の打ち合わせ室の時計は午後二時をさしていた。

俺はいつもの席で、吉沢さんに取材で何があったかを事細かに話していた。

「という話に、なんとか持っていきました……」

「くっ……ぷふっ……」

吉沢さんは俺と雫がしたであろう会話の記録をノートパソコンに記していた。

一体何に使うのか見当もつかないけれど、後々俺のメンタルに負荷がかかることは確実だろう。

「なんで笑ってるんですか！　こちとら魂削ってるんですよ！」

「いやだって……ぷふっ」

「で、なんで僕はこんな格好で呼び出されたんですか？　今日って新作の打ち合わせですよね」

新作についての打ち合わせだと言って、今日は呼びだされたのだけど、なぜか吉沢さんの指定で、俺は女装させられている。

「まぁその格好に関しては気にしないでください」

「いや気にしますよ……」

「それでは新作の打ち合わせをはじめましょうか」

露骨に話をそらす吉沢さん。

嫌な予感しかしないけれど、今は新作の打ち合わせに集中せねば。

出版枠はまだあるそうだけど、ドライブ文庫では一カ月に出せる刊行点数が決まっていて、これを逃すといつ出版になるかわからない。

俺はまだまだ新人作家、有名な作家さんや力のある作家さんとコンペでぶつかれば出版枠をとられてしまう。

手を抜くわけにはいかない。

「えー次の市野先生が書く義妹モノのラノベ『毎日死ね死ね言ってくる義妹が、俺が寝ている隙に催眠術で惚れさせようとしてくるんですけど……!』についてですが」

「ちょっと待ってください」

「どうしたんですか?」

また私何かやっちゃいましたか? と言わんばかりにとぼけ顔をさらす大魔王系編集者。

「その企画は、雫と協力体制をとるために作っただけで、本当に書くなんて聞いてないんですけど」

この企画は雫と接触するために作った企画。

本当に書くとは一言も聞いていないし、想定もしていなかった。

「あれ？　言ってなかったでしたっけ？」

「言ってないですよ！」

「とにかくこの企画で進めましょう」

「む、無理ですって！　実話なんですよこれ！」

抵抗する俺に対して、吉沢さんはにっこりと笑う。

「いいんですか？　雫さんと仲直りできなくても？」

「うっ！」

「催眠義妹という企画がなくなれば、雫さんに取材をする理由も、仲を取り持つ理由もなくなりますよね？」

人を詰めるときには笑顔になり、嬉々として外堀を埋めていく。

吉沢さんがこの表情をしたときに、俺は口論で確実に負ける。

それでも抵抗しないわけにはいかない！

作家人生を決めるかもしれない新作の打ち合わせなのだ。

妥協も遊びも許されない。

「そ、それはそうかもですけど……でもこんなエロ同人みたいな企画で書いたって、つまらない気がするんですけど」

ぼそぼそとそう告げると、吉沢さんは姿勢を正して、口を開く。

「市野先生の強みはキャラクターです。魅力的なキャラクターが、物語の中を縦横無尽に動く。

だから面白いんです。反対に、市野先生に足りないのは企画力。読者の興味を引くような掴みが、アイデアが足りなかった。だからライバルの笹本《ささもと》先生にも負けていたんです」

「う……っ」

俺と同時期にデビューしたにもかかわらず、遥か先で売り上げランキング上位争いをしているウェブ発ライトノベル作家。

「笹本めぇ……っ！」

俺が笹本鈴紀《ささもとすずき》に固執する理由は至極シンプルなもの。

彼が俺の作品を目の敵にしているからだ。

小説が発売してすぐ、俺は彼からＳＮＳで、直接メッセージを受け取った。

内容は以下の通りだ。

『市野先生、義妹小説書くのやめたほうがいいですよ？　正直リアリティが無いというか、あんまり萌えないいんですよね。やっぱり市野先生は幼馴染ものを書くべきだと思います。自身の経験に照らし合わせてかけるし、何より現実的です。義妹より幼馴染です。幼馴染ルート最高』

俺の作品を批判し、さらには義妹というジャンルそのものまで否定したのだ。

許せるはずがないだろう。

創作上では俺は幼馴染属性よりも義妹属性のほうが大好きだ。

幼馴染を否定するつもりはない。

けれど、俺の大好きな義妹属性を否定されて黙っていられるほど俺は常識人じゃなかったのだ。

笹本が俺にSNSでケンカを売り、俺も怒りに任せてそのケンカを買った『アンタの幼馴染ヒロインより、俺の義妹ヒロインのほうがえっちでかわいいことを証明してやるよ！』と、宣戦布告までしてやった。

……にもかかわらず……すべての巻において、笹本の書く幼馴染モノ『モブ幼馴染はお嫌いですか？』に売り上げを離されてしまっているのだ。

悔しくないわけがない。

「あの先生はすべてを高いレベルでこなしています。市野先生が普通に書いていては、まぁまず勝てないでしょう」

「……っ」

その通りだ。

悔しいけど笹本は、俺より遥かにレベルが高い。

文章力、企画力もそうだし、何より読者の心を掴むのが抜群に上手いのだ。

読んだ人が絶対に心が動かされるよう、計算され尽くされている。

実際にそれで結果も残しているし、量産だってできている。

本当に恐ろしい作家だ。同年代だとはとても思えない。

「けど、チャンスはあります。市野先生だって、全てにおいて笹本先生に負けているわけではありませんか？」

「俺が笹本に、勝っているところ……？　そんなのあるんですか？」

お世辞にも、俺の小説家としての力は大きいとは言えない。

吉沢さんや担当イラストレーターさんに助けられて、ようやく商品になるような小説を作れている。

売り上げで笹本に大敗している結果が示しているように、悔しいけど俺と笹本には大きな実力の差があるのだ。

「先ほども言いましたが、市野先生の一番の売りはキャラクターです。笹本先生のキャラクターは良くも悪くも機械っぽい。人気が出るよう計算して作られているので先を読みやすいんです。しかし市野先生のキャラクターにはそれがない、ページをめくるまで何をするかわからない、物語を破綻させずそんなキャラクターを書ける人はそうそういません。断言できます。キャラクターだけなら市野先生は笹本先生に勝てる。そのキャラクターを最大限活かすための催眠設定です。その掴みがあれば、以前のカタイモを超える傑作を書けるはずなんです」

いつもは俺をけなし、ケツを引っ叩いて小説を書かせるような吉沢さんが、自信しかないという表情で、そう言い切った。

「カタイモを超える……傑作……」

本当にそんな作品を、俺が書けるのか……？

俺の心の中にある疑念を、吉沢さんは察したのか、机の上に身を乗り出して、俺の手を強く握る。

「市野先生、やりましょう。催眠義妹を書けば、あなたはきっとすべてを手に入れられます」

「す……すべてを……？」

「妹さんとも仲良くできるし、ライバルにだって勝てる。これ以上のチャンス他にはありません」

吉沢さんは、今からちょうど三年前、俺がｗｅｂ小説を投稿していた時からの付き合いだ。

ポイントも全然入ってないし、閲覧数も伸びていない中、声をかけてくださった唯一の編集。

地力がない俺の小説を、ここまで育ててくれたのは他でもない吉沢さんなのだ。

人の心を踏み躙ることになんの抵抗もないこと以外は、本当に優しくて良い人。

そんな吉沢さんが、真剣な眼差しで、こうも強くこの企画を推すのであれば、俺としても無視するわけにはいかない。

「……わかりました。その提案に、乗りましょう」

正直気が進まないけれど、客観的に見れば催眠義妹の企画はパンチが効いていると思うし、掴みも強い。

吉沢さんが推す理由もなんとなくわかる。

俺のメンタルが終わるということを除けば、悪くない企画だ。

「市野先生ならそう言ってくださると思いました。それでは早速打ち合わせをはじめましょうか」

「はい、よろしくお願いします」

資料を広げ、打ち合わせをしようとしたタイミングで、打ち合わせ室の扉が小気味よくノックされる。

「良いタイミングですね。どうぞお入りください」

「誰か呼んだんですか？」

「作品を良くするために必要な方を呼びました」

「まさか……っ！」

吉沢さんが満面の笑みで俺のほうを見つめている。

その心底楽しそうな笑みと、俺が女装させられている理由がつながり、ドアから入ってくるであろう人物の顔が、頭に浮かぶ。

「こ、こんにちは」

予想通り、少し緊張した面持ちの俺の義妹。

市ヶ谷雫が、なぜか申し訳なさそうに打ち合わせ室に入ってきた。

「ちょっと聞いてないですよ……っ！」

雫には聞こえないように小声で吉沢さんを問い詰める。

「まぁそうでしょうね。言ってないですし」

「なんで言ってくれないんですか！」

「それはもちろん取材のためですよ」

ボイスレコーダーを出しながら、またもや満面の笑みを浮かべる吉沢さん。

無駄に美人なのが腹立つので、一発くらいぶん殴ってやろうかと思ったけれど、なんとか思いとどまる。

まったく、小説を売ってくれたという大恩がなければ両手でのラッシュを顔面に決め込んでいるところだ。

「雫さん、今回は取材協力ありがとうございます。市野先生も大変よろこんでいますよ」

「あ、あはは、うれしいなぁ～」

白々しく話をふる吉沢さんに合わせて、俺も笑顔で対応する。上手く笑えている自信がない。

「私にできることであれば、なんだってしちゃいます！　ま、まかせてください！」

雫は下手くそウィンクを俺のほうにぱちぱちと飛ばす。

おそらくこの前交わした協力関係を意識しているのだろう。

雫は用意されている椅子にちょこんと座った。借りてきた猫のようにおとなしい。

一応吉沢さんも協力関係のことは知っているけれど、それを雫に悟られてはいろいろと不備が生じるので、吉沢さんはあくまでも何も知らない俺の編集者という立場で雫と接する予定だ。

「あ、ありがとうございます」

ひきつった笑みを浮かべる俺を見て、悪魔のように笑う編集者。

人の不幸をここまで笑える人間が未だかつていただろうか？

「それでは早速打ち合わせを始めましょうか。えっと……市野先生、新作のタイトルはなんでしたっけ？」

「えっ、さっき自分で言ってたじゃないですか」

「この頃物覚えが悪くてですね……申し訳ないんですけど、確認のためにも市野先生に音読してほしいなと」

パソコンを笑顔で見つめながら、白々しくそう言う吉沢さん。

「ぐぬぬ……」

いろいろと察して赤くなる雫を尻目に、俺は自分のふとももをつねりながら次作になるであろうタイトルを音読する。

「ま、毎日死ね死ね言ってくる義妹が、俺が寝ている隙に催眠術で惚れさせようとしてくるんですけど……！　ですね……っ」

「素晴らしいタイトルだと思います」

わざとらしく拍手までしている大魔王系編集者。

人を羞恥に悶えさせる選手権とかあったら間違いなくこの人優勝だろ。

「雫さんはどう思いますか？」

「ふぇっ？」

「市野先生の新作のヒロインのことですよ。本当はお兄ちゃんのことが大好きなのに、素直になれず、いつも罵声や暴力を浴びせる女の子なんですけど、ひょんなことから催眠術のかけ方を知って、催眠術でお兄ちゃんを惚れさせようとしちゃうんです。先週市野先生に提案してもらったキャラクターおよび企画なんですけど、すごく尖っていて、面白そうだとは思いませんか？」

長台詞を息継ぎなしでまったく噛まずに言い切った。

にこにこ笑って非常にうれしそうだ。

一刻も早く地獄に帰って欲しい。

「へ、へぇ～。た、たたたたしかにそうですねぇ～」

雫は小刻みに揺れながら話を合わせている。

自分のしていた行動をそのまま小説にされるなんて拷問だよな。

気持ちはわかる。

「では続けて質問なんですけど」

「は、はい……！」

「もし雫さんがこの物語のヒロイン、お兄ちゃんに催眠をかけちゃう義妹ちゃんであれば、お兄ちゃんにどのようは催眠術をかけますか？」

「はぐわぁっ！」

人道に反した質問を繰り出す吉沢さん。

雫はあまりの衝撃に吐血する。

「し、雫さんっ！　あんたなんて質問するんだ！　人間じゃねぇっ！」

雫の背中をさすっていると、吉沢はまたもとぼけ顔で言う。

「はて？　ただの取材ですよ？　もしもの話です。現実にそんな女の子いるわけないじゃないですか」

こいつ悪魔だ……！

いや大魔王だ……！

こんなのまともな人間には不可能なムーブだ……！

「大丈夫ですよ市野先生……これも協力関係の代償ですもんね……っ！」

「雫さん……っ！」

雫は口についた血を拭いながら、胸を押さえて、息も絶え絶えになりながら、大魔王の質問に答える。

「そ、そうですね。私なら……その『お兄ちゃん、私のことを大好きになりなさい』的な、催眠術をかけるんじゃないですかね……？」

「なるほど、なぜですか？」

「へ？」

「なぜ大好きになりなさいなんですか？　例えばキスしなさいだとか、エッチなことさせなさいだとか、そういうほうが手っ取り早くないですか？」

この人に誰か道徳の授業してあげて欲しい。

そのうち口だけで誰か殺してしまいそうだ。

「あ、う……その……だ、大好きになってもらってないと、お兄ちゃんの心は、いつも通りだから、キス……とか、命令しても、は、恥ずかしいんじゃないですかね」

「からの？」

「んえっ！」

「かーらーのー？」

吉沢さんはこれ以上ないくらいの満面の笑みで、クッソウザい陽キャのように雫を攻める。

言葉攻めにレパートリーが豊富なのはなんなの？　どこかで勉強してきたとかですか？　言葉責め専門学校主席卒業とかなんですかね？

雫は若干涙目になりながら、スカートの裾を押さえて、何やらボソボソと呟いている。

「これも……結婚のため……いちゃらぶ新婚生活のため……」

「はうっ！」

「市野先生どうかしましたか？」

「いえっ、なんでも……っ」

ツンデレ義妹のあからさまなデレに不覚にもキュン死しそうになったぜ……あぶねぇ。

「だ、大好きになってもらったほうが、その、お兄ちゃんのほうからいちゃいちゃしにきてくれる可能性も、ありますし……っ」

「なるほど！　勉強になりますね。市野先生！」

「は、はいそうですね……っ！」

「では雫さんなら、自分を大好きにさせた後、お兄ちゃんどのような催眠、もとい要求をする

んでいる吉沢さん。

「はい、自分なら、です」

ボイスレコーダーを構えて、一言一句逃さないようにしつつ、パソコンにも何やら打ち込んでいる吉沢さん。

吉沢さんがあまりにもゲスすぎて、ツンツンかつわがまま義妹の雫が死ぬほど可愛く見える。

「その……ま、まずは……キスから、じゃないですか？」

「ほう、どういうシチュエーションで、ですか？」

「妹ちゃんは、ふ、普段素直になれずツンツンしちゃうので、逆にSっぽいお兄ちゃんに求められたいというか、そういう願望があると思うので、む、無理やりキスしなさいとかそういうのじゃないですかね！」

全身の血液が顔面に集まっていると言われても疑わないほどに、雫の顔は真っ赤だった。

よく頑張ったね雫……！

お兄ちゃん誇らしいよ……！

「なるほど……以前市野先生が取材されていたお兄さんは、そういう妹ちゃんを可愛いと思うんですかね？　市野先生」

「えっ？」

「以前市野先生が取材されていたお兄さんは、そういう妹ちゃんを可愛いと思うんですかね？

と、聞いたんですよ？」

突然の流れ弾に焦る俺。そして逃すまいと全く同じ質問を繰り返す言葉責め専門学校主席卒業の吉沢。

「な、なんで私に聞くんですか？」

「市野先生であればお兄さんと付き合いが長いので、考察することができるかなと思いまして。ほら、やはり読者が催眠義妹ちゃんをかわいいと思うかどうかは大事じゃないですか？」

雫のほうを見ると「こひゅーこひゅー」と、乾いた呼吸音をあげながらうつ伏せになっていた。

しかし、耳だけはちゃっかりこちらに向けている。

「うぅ、好みは分かれるとは思いますが、少なくとも、雫さんのお兄さんはそういうツンツンとデレのギャップが激しい女の子は好きなんじゃないですかね」

汗をダラダラ垂らしながら赤面しつつそう言うと、吉沢さんは満足そうな表情で。

「なるほど、参考になりますね」

と、そう言った。

＊　＊　＊

「ふぅ、雫さんの協力もあって、催眠義妹ちゃんのキャラクターが固まってきましたね。市野先生」

「そ……そうですね！」

雫は机にうずくまり、大量の汗をかきながらヒクヒクと痙攣していた。

そんな雫には目もくれず、ホクホク顔でパソコンもカタカタ打っている吉沢さん。

毎日死ね死ね言ってくるような義妹も、悪鬼も慄くような編集者様とは相性が悪いらしい。

「しかしながらあともう一押し欲しいですね」

「もう一押し？」

「やはりキャラクターを押しまくるライトノベルも面白いんですけど、それプラス、ドラマもあったほうがいいと思うんですよね」

吉沢さんの言うことは一理ある。

笑えたり可愛いシーンを際立たせるためには、それと同じくらい人間ドラマも必要なのだ。

キャラクターの目的に対して壁を作り、苦悩させ、そして乗り越えさせることによって、さらに深みが増す。

創作界隈ではよく使われている手法だ。

「たしかに……ギャグテンポで進めていって、シリアスにふれれば、ギャップも大きくて面白いかもですね」

俺がそういうと、吉沢さんはにっこりと笑う。

「そこでです。この催眠義妹に、少しシリアスな展開を加えたいのです。市野先生ならどんな展開を用意しますか」

「し、シリアスな展開ですか……」

何やら誘導されているような気がする……。

先ほど雫が詰問されていた内容は、主に催眠義妹のコメディ部分。

義妹ちゃんのモデルである雫本人に、こういうシチュエーションならどう動きますか？　と聞いて、義妹ちゃんのキャラクターを作り上げる作業をしていた。

実際俺も聞いていてかなり参考になった。

でもそこにドラマを付け加えるとなると……。

「方法はひとつしかありませんよね？」

意味深な表情で、吉沢さんはこちらを見つめる。

催眠義妹のシリアス展開。

俺は自分自身で経験している。

「そこさえ埋めれば、あの笹本先生にだって勝てますよ」

「あの笹本に……っ」

正直手応えはある。

頭の中で展開を想像するだけで、よい物語ができそうな予感もある。

だけど、それを書けば俺のメンタルは確実に死滅するだろう。

そんな胃に大穴案件を笑顔で俺にやらせようとする編集をにらむと、それと同時に、吉沢さんのスマホが鳴った。

「あ、すみません。マナーモードにするのを……忘れて……」

スマホの画面を見た途端、吉沢さんの動きがピタリと止まった。

「どうかしたんですか」

「いえ、大した問題ではないです。ここに笹本先生がくるだけなので」

「はぁっ!?」

笹本って、あの笹本か!?

なんであいつがドライブ文庫に!?

あいつはもっと大手レーベルの……!

一瞬にして数多の疑問が脳内を駆け巡る。

雫も、笹本の名前を聞いて少し驚いている様子だった。

ライトノベルを嗜む人間なら大抵の人は知っている期待の新人、それが笹本なのだ。

吉沢さんに理由を聞いた瞬間、背後の扉がゆっくりと開く。

「お邪魔します」

「えっ……」

俺はその声を何度も、聞いたことがあった。

振り向くと。

藍色を基調としたトップスに、黒のタイトスカート。革製の高いヒールをはいた。

幼馴染のりんこが、そこに立っていた。

「市野先生に会うのは、確か二度目でしたよね。サイン会に行きましたし」

何食わぬ顔で話しかけてくる幼馴染。

呆気にとられると、吉沢さんにスネを軽く蹴られる。

「えっ、あぁ、そ、そうでしたっけ」

なんとか話を合わせたけれど、動揺はおそらく隠しきれていない。

りんこは俺の正体を知っているのか？　それとも知らないのか……？

笹本の正体がりんこだったことに対してもそうだし、俺の正体がバレているかどうかもそうだけど、とにかく予想外が重なりすぎてどうしていいかわからない。

りんこは俺をじっと見つめた後。

「市野先生はじめまして、笹本と申します」

笑顔で手を差し出して、爽やかに挨拶を求めてくる。

「あ、え、よ、よろしく……お願いします」

俺は差し出された細い手を握り、挨拶に応じた。

今思えば、サイン会の時のりんこの意味深なセリフだってそうだし、幼馴染小説で俺に宣戦布告してきたのもそうだ。

俺が気づかなかっただけで、笹本＝りんこだという要素は、そこら中に転がっていた。

「な、なんでアンタがここに……！」

「なんでって、仕事のためだよ。雫ちゃん。私ライトノベルの作家なの」

雫とりんこは面識がある。

驚くのは当たり前だし、リアクションを隠す必要もない。

俺が抱いていた疑問を雫はりんこにぶつけた。

「私、ドライブ文庫で仕事させてもらうの。まぁでも空いている出版枠は一つしかないみたいだから、そこにいる市野先生と競争になっちゃうんだけどね」

「へ……？」

初耳の情報ばかりで脳の処理が追いつかない。

俺はついに、取り乱しながら吉沢さんを問い詰める。

「よ、吉沢さん聞いてないですよ！　そんな話！」

「出版枠を決めるためにコンペをやるとは聞いていましたが、相手がまさか笹本先生だとは……私も今メールで知りましたから、市野先生が知らないのも当然です。上は笹本先生と市野先生、ラブコメ作家の出版枠争奪対決として、読者を煽り、なおかつｗｅｂ投稿サイトと連携し、大々的に盛り上げたいようですね」

吉沢さんはめずらしく、額に汗を浮かべていた。

彼女にとってもこの展開は予想外のことなのだろう。

それに俺だけなら成り立たないであろうその企画も、笹本という名前が入ればおそらく可能だ。

「市野先生、風の噂で聞いたんですけど、たしか義妹モノを書くんですよね？　それも催眠というテーマで。すごい企画ですよね、そんなの私なら絶対に思いつきませんよ。だから、そんな市野先生と競い合えるなら楽しそうだと思って、編集部に連絡させていただいたんです」

「へ、へぇ、そうなんですか……」

今の宣戦布告に近いようなセリフを聞いて確信する。

りんこは気づいている。

俺の正体が市ヶ谷碧人だと言うことも、俺が催眠をテーマにした小説をなぜ書こうとしているのかも、すべて知っているのだ。

そんな賢すぎる幼馴染は、優雅にステップを踏んで、俺の耳元に顔を近づける。

「言ったでしょ？　全部壊すって」

「っ！」

仮説が確信に変わる。

どこから情報を仕入れてきたのかはわからないけれど、りんこは宣言通り、俺の出版枠と共に、雫と仲直りするという計画も、すべて一緒に、潰す気なのだ。

「私は今度も幼馴染モノの小説書こうと思ってるんですよ。お互い、ベストを尽くしましょうね。市野先生」

りんこがあの笹本鈴紀。

緻密に作られた物語で読者を虜にし、俺なんか到底及ばないような結果を残している小説家。

そんな怪物と、勝負しなければならない。

あの賢すぎる幼馴染に、売れっ子作家の笹本に、俺が果たして勝てるのだろうか……。

勝ちたいという気持ちよりも、冷静に実力差を分析する理性のほうが強く働く。

現時点では逆立ちしたって、俺はりんこには敵わない……。

「コンペの方法は至ってシンプルです。決められた期間、ｗｅｂ小説サイトに小説を投稿してもらい、ポイントの多いほうを書籍化させていただきます。だ、そうですよ。市野先生」

「そんな……」

吉沢さんは額に青筋を浮かべながらそう告げる。

彼女にもまったく情報共有されていなかったのだろう。

これはあくまで予想だけれど、りんこが新作の出版枠くれないかと強引に編集部にお願いしたのかもしれない。

俺なんかと比べて話題性もファンも多い笹本先生からの提案を、編集部が断る理由もない。

スケジュールを無視して強引に組み込んだ結果、吉沢さんも今し方それを知ったという原因になったのかもしれない。

「市野先生が書く飛び道具みたいな催眠モノの小説がどこまで通用するか楽しみですね。あ！　でもwebなら有利なんじゃないですか？　閲覧数だけなら伸びそうですし！　ほら、タイトルとか出オチじゃないですか！」

「……っ」

何も言い返すことはできない。

俺の小説、しかも催眠という企画はかなり攻めている。

web小説では俺のほうが有利だとりんこは言っているが、おそらく実際は違う。

SNSのフォロワー、ファン、新作に対する期待度、話題性、そして作家自身の地力。

すべてにおいて、俺はりんこに負けている。

web小説での勝負だとしてもかなり不利な戦いになるだろうし、編集部内の評価だけで決めるとしても、数字を持っているりんこのほうが圧倒的に有利だ。

冷静に考えて、俺が編集者だとしたら俺よりもりんこの新作の出版を優先させるだろう。

そんな言い訳を、つらつらと並べてしまうくらいには、俺の心は弱りきっていた。

笹本の正体に驚いたのもそうだけど、俺はりんこの能力の高さを知っている。

それに何度も助けられた。

それが今度は敵に回るのだ。

怖くないわけがない。

「黙りなさい地味女」

「雫……さん……」

雫は立ち上がり、りんこの元まで歩き、そしてにらみつける。

「アンタの小説なんかに、市野先生の小説は負けない」

何の迷いもなく、雫はそう言い切った。

大手レーベルで俺より遥かに大きい結果を残しているりんこよりも、俺のほうが上だと言うその姿を他人が見れば、小説を書いたことがない人間が言う、ただのエコヒイキだと馬鹿にするかもしれない。

でも、俺には刺さった。

信じてくれる読者がたった一人でもいれば、作家は絶対に筆を折らない。いや、折れないのだ。

「私とお兄ちゃんの物語は、絶対に負けない……っ！」

雫のそんな姿を見て、折れかけていた心が少しだけ立ち直る。

俺の一番のファンが、ここまで信じてくれているのに、当の本人の俺が勝負する前から負けた気でいるのは情けないにもほどがある。

りんこは雫を笑顔で見下ろした。

「少し見ない間に、ずいぶん元気になったね雫ちゃん。どうせ市野先生とそこの編集さんにいろいろ吹き込まれてるんだろうけど、あまり期待しないほうがいいよ。私は絶対に負けない。どんな手を使ってでも勝つから。あなたたちの嘘にまみれた物語はそれで終わり」

りんこの終わらせるという言葉は、俺と雫の心の奥底に深く突き刺さる。

「私は私の担当さんと打ち合わせがありますので、それでは」

幼馴染は終始笑顔で、俺たちを翻弄し、そして打ち合わせ室を後にした。

「吉沢さん」

「はい」

「勝率はどれくらいですか？」

「……ｗｅｂ媒体、それもポイント勝負となると、笹本先生のほうが圧倒的に有利ですね」

「……そう、ですよね」

わかりきっていたことだけど、吉沢さんが言うってことは、相当な開きなんだろうな……。

「その……っ！　私ができることならなんだってやります！　市野先生の小説は面白いです！

あんなのに負けるはずがありません！」

「雫……さんっ」

不利と知ってもなお、信じてくれる俺の義妹。

俺が女装していない状態でも、これだけ素直でいてくれると嬉しいんだけどなぁ。

「言質とりました」

「……へ？」

「言質とりましたと言ったんです」

ボイスレコーダーのスイッチをオンにする吉沢さん。

『私なんだってやります！』

雫の可愛らしい声が打ち合わせ室に響く。

「市野先生、今日はこれで打ち合わせ終わりでも良いですか？　私、雫さんと少しお話がありますので。もちろん、作品を良くするために必要な打ち合わせですから」

「え、あっ……はい」

まくしたてる吉沢さんに、俺は乾いた返事をすることしかできなかった。

「それでは雫さん、奥の席に移りましょうか？」

「ちょ……なんでもやるとは言いましたけど……」

「なんでもやるんですよね？」

「う……はい……」

吉沢さんに肩を抱かれて、そのまま奥の席に移動する雫。

その表情は、獣医さんに抱かれた猫のように怯えきっていた。

ごめんな雫、それを止めればたぶん俺はお前以上の責苦を受けることになるんだ……っ！

涙目な雫を尻目に、打ち合わせ室を出ようとすると、背後から声がかかる。

「まさか、あきらめたりしていないですよね？」

デビュー当時からずっと支えてきてくれた担当が、心配そうに聞いてきた。

「あきらめる？　何をですか？」

俺が少し笑みを浮かべてそう返すと、吉沢さんは呆れたように笑って。

「信じていますよ。市野先生」

そう、小さく呟いた。

7　帰ってきた催眠術

吉沢さんとの新作打ち合わせ、もとい雫との協力関係を結び、笹本の正体を知った衝撃の日から数日経った、午後十時。

俺は少し暗い自室で、大量の資料とノートパソコンとにらめっこしていた。

「ちくしょう……ちくしょう……っ！」

キーボードをカタカタ鳴らして文字を打ち込む。

俺は今、新作小説である『毎日死ね死ね言ってくる義妹が、俺が寝ている隙に催眠術で惚れさせようとしてくるんですけど……！』の初稿をｗｅｂ版に合わせて書いていた。

うめきに近い声を上げながら、俺はどんどんキーボードを叩いていく。

「クソ……なんでだよ……ッ」

おかしい。

こんなはずじゃなかった。

そんな思いが脳内を支配する。

「なんでこんなに執筆が捗るんだよ！」

俺は人生最大と言ってもいいほど、調子が上向いていた。

キーボードを叩く手をいつ止めようかと迷うくらい調子が良い。

文字がどんどん溢れてくる。

いつもなら捻り出して書いているところを、溢れすぎてどの言葉を選ぼうか迷う始末だ。

「ぐっ！」

しかしながら、文字を紡げば紡ぐほど、俺の心は締め付けられる。

「くっそなんだよこの義妹可愛すぎんだろ……っ！」

雫をモデルにした催眠系義妹『一ノ瀬《いちのせ》沫《しぶき》』ちゃんが縦横無尽に動き回るシーンを読み返して、息が荒くなる。

雫に催眠術で振り回されるように、沫ちゃんは主人公を振り回し、ツンツンデレデレしまくる。

正直現実の雫と同じくらい可愛い。

「あ……あぁ……っ！　くっそぉっ！」

俺はなんてことを考えているんだ！

現実と創作を混同するなんて！

しかも雫と自作の小説のヒロインを重ね合わせてブヒブヒ言うなんて……！

現実の義妹を妄想しながら、その義妹がもうちょっとこうしてくれたらかわいいなーなんて思いながら小説を書くなんて、正直キモすぎて全人類がドン引きするレベルである。

「落ち着け俺、これは雫をモデルにして書いているからしょうがないことなんだ……！」

自分のキモさと小説を書く手が止まらないという嬉しい悲鳴状態に、俺のメンタルは上がったり下がったりでもう大変だった。

新作小説の初稿、その文字数が六万文字にさしかかろうとしたその時。

脇に置いてあったスマホが鳴る。

「もしもし、市ヶ谷ですけど」

「お疲れ様です。吉沢です」

片手間に電話に出ると、いつもと変わらないテンションの吉沢さんが電話に出る。

「ｗｅｂ版に調整された催眠義妹初稿、序盤の十話分見させていただきました」

小説投稿サイトでは、本で発売した時のように、十万文字一気に投稿するわけではなく、二千から五千文字程度で書かれた単話で投稿される。

決められた期間はおよそ一ヶ月。八月一日から九月一日までだ。

八月一日にりんこの新作小説と同時に投稿し、ブックマーク数や評価ポイントからなる総合点で、勝敗を決するというわけだ。

勝てば晴れて、新作をドライブ文庫で出版できる。

それに、俺にとってはもっと別の大きな意味も持つ。

催眠義妹の取材と称して、雫に市野先生として接触し、関係改善を図る。

そちらの目的も小説の出版と同じくらい大事だ。

「市野先生聞いていますか？」

「え、あ、はい！　聞いていています！」

打ち合わせそっちのけで物思いにふけってしまった。

今は執筆に集中しなければ。

「十話分読ませていただきましたが、とてつもなく面白いですね」

「……へ？」

「だから、とてつもなく面白いと言ったんです。二度言わせないでください、ぶち◯しますよ」

「いやなんでキレてるんですか……！」

吉沢さんが俺の小説をおもしろいと言う。その信じがたい事実に、間抜けな声を上げてしまった。

けれど何故か悔しそうにしている彼女の声を聞いて、夢ではないと確信する。

「キャラクターが気持ち悪いほど動いていますね。ヒロインの沫ちゃんもいい具合に狂っていますし、催眠術にかかったフリをしている主人公の、困惑しながらも喜ぶ仕草は、キモオタって感じで最高に気色悪いです」

「ちょっと待ってください本当に褒めてますか？」

「褒めてますけど？　オタクが笑い、そして喜び、賛否両論生まれるくらい限定的な笑い、可愛らしさ、それが市野先生の作風であり魅力です。……とにかく、導入としては荒削りな文章さえ直せばまったく問題ないと思います。直したほうが良い部分に赤を入れておきましたので、明後日の一日に直したものを投稿してください」

「あ、ありがとうございます！」

吉沢さんとの打ち合わせでここまで良い評価をもらえたのははじめてのことだったので、声がうわずってしまう。

言うまでもなく彼女は厳しい。

大御所作家にも平気で大幅なリテイクを要求するほど意識がたかい編集者さんだ。

そんな吉沢さんが少しのリテイクだけで初稿直しを済ませるのは本当に珍しいことなのだ。

それだけ催眠義妹の出来が良かったのかもしれない。

「市野先生、たしかに催眠義妹の出来は良いです。けど油断しないでください。今回は一人相撲ではありません。あの笹本先生との直接対決なんですから」

吉沢さんの声がいつもより少し暗い。

「吉沢さん……まさか、その、りんこの新作を読んだんですか……？」

少しの静寂。

吉沢さんはどうやら言葉を選んでいる様子だった。

その態度を見るだけで、りんこの小説の出来がうかがえる。

「笹本先生は、九万文字、文庫本一冊分の小説と、ｗｅｂ投稿用の十二万文字、計四十話分をもう書き切っています」

「はぁっ!?」

りんこと打ち合わせ室で出会った日からまだ五日もたっていないのに……そんなのありえな

い。

通常なら、普通の作家が文庫本一冊（八万文字〜十一万文字）書くのに早くとも一ヶ月はかかる。

書くのが相当早いと言われる俺でさえも、一日一万文字、直しが入るとすれば最低でも二十日はかかる。

「以前からりんこは用意してたってことですか……？」

「いえ、数日で全て書き切ったようです」

「チートだろ……」

異常。

そうとしか表現できない執筆スピードだ。

「それで、その……面白かったんですか……？」

「……」

そう聞くと、またも吉沢さんは口をつぐむ。

「面白かったんですね……それも相当」

長い付き合いだ。吉沢さんが俺の考えていることを読めるように、俺も吉沢さんの考えていることはなんとなくわかる。

「……序盤の掴み、導入部分のインパクトなら、市野先生の催眠義妹のほうが少し上回っています。初動では市野先生に軍配が上がるでしょう。しかし完成度の面では笹本先生は圧倒的です。企画とすれば、地味な幼馴染が冴えない男子に恋をする笹本先生お得意の内容なんですけど、人間ドラマやヒロインの感情表現があまりにもうますぎる。恋する乙女の感情をこれでもかというほどリアルに描いています」

企画のパンチ力なら圧倒的に俺のほうが上なのに、序盤わずかに上回る程度。

それがどれだけ絶望的な差か、簡単に理解できる。

りんこの企画は誰でも楽しめるいわば普通のラブコメだ。読者を選ばない。

しかし俺のラブコメは読者を選ぶ。

催眠術という攻めた企画もそうだし、ヒロインの沫は主人公に暴力も振るうし、何より理不尽だ。

今の時代、そういう理不尽なヒロインは読者をかなり選んでしまう。

ｗｅｂ小説では、票を多く取った作品がランキング上位に登り、トップページに掲載され、そしてＰＶ数も伸びる。ＰＶ数が伸びればそれだけポイントを入れてくれる読者の目に触れやすいので、さらにランキングが上がる。

故に、ポイントをとれる作品、つまり嫌われない作品ほど有利に働く。

ファンタジーはともかく、ラブコメに至ってはそれが顕著に表れる。

「あの作品に勝つには……催眠義妹をただのラブコメで終わらせるわけにはいきません。後半、笹本先生のように、フィクションかどうか見分けがつかないほどの人間ドラマのリアリティが必要です」

「リアリティですか……」

「作品の質で勝とうとするならば、それしか方法はありません」

質で勝つ……あの笹本に？

文章力、演出力、構成力、読者の心を掴む手腕、すべてにおいて向こうのほうが圧倒的に上。

その笹本に……りんこに……単純な物語の質で勝負する。

「すみません、少し考えます……」

「わかりました。私が余計なことを言ってもおそらく事態は進展しないでしょう。今の市野先生の実力でも催眠義妹をこのまま書き切れば、充分商業で通用します。それくらい素晴らしい出来だと思います。しかし、笹本先生に勝つとなると話が変わってくる。……ここから先は、作家の本分です。私のような一介の編集者が踏み入れる領域ではありません」

吉沢さんは、一呼吸おいて、ゆっくりと喋る。

「私にできることはすべてやりました。あとは市野先生、あなた自身の勝負です」

「……わかりました。できる限りのことはやってみます」

その後少しだけやりとりをしたのち、電話を切る。

曖昧な返事を返すことしかできなかった……。

今の俺の状態は、作品を投稿していないにもかかわらず崖っぷち。

それもそのはず、あのりんこと作品の質で勝負しなければならないからだ。

しかも期限は一ヶ月。

自力をあげようにも期間が短すぎる。

俺は普通の人間だ。

普通の人間が、怪獣と綱引きで力比べをしたって敵うわけがない。

「……だぁーっ！　くそっ！　何にも思いつかねぇ！」

机に両手を叩きつけて、うずくまる。

人間ドラマって言ったって、一体どうすれば……っ。

知恵熱を出すくらい考えこんでいると、背後にあるドアがコンコンとノックされる。

「どうぞー」

おそらく母さんが何か用事を押し付けにきたのだろう。

どうせ数時間は作業の手は止まるので、良い気分転換になるかなと思い、振り向くと。

「…………っ！」

薄手の白パーカーに、黒色のホットパンツ。

恥ずかしそうに服の袖を握って。

伏し目がちにこちらを見つめる俺の義妹。

雫が、ドアを開けて立っていた。

「し、雫……？」

なんで雫が、俺の部屋に!?

俺は速攻でノートパソコンを閉じて、資料を裏返す。

言わずもがな、催眠術にかかったフリがバレて以降、俺はまともな状態で雫と話したことはない。

およそ一ヶ月半の間、一言も喋っていないのだ。

そんな雫が、俺の部屋に訪れる。

「……あ」

未だ部屋に入らず、顔を赤くしてもじもじしている雫を見て、俺はさっき電話で聞いた吉沢さんの言葉を思い出す。

『私にできることはすべてやりました。あとは市野先生、あなた自身の勝負です』

普段の吉沢さんならあまり言わなさそうなセリフ。

明確な改善点もないのに、すべてやりましたなんて、吉沢さんは言い切らないのだ。

もしこの雫が部屋に訪れるという展開を、彼女が用意したのであれば……話は別だけれど。

物語のモデルになった俺と雫を直接接触させ、そこで起きた出来事、経験をもとに、小説を書いてもらう。

いかにも吉沢さんがやりそうなことだ。

先日、俺を抜きで雫は彼女と話していた。

『なんでもやります』という言質までとられて。

「うっ……」

謎に小さくうめき声をあげて、雫は俺のほうへと早足で歩いてくる。

そして、椅子に座っている俺の肩を掴んで。

「か、かかってください！」

揺れる五円玉を見せる。

その時確信した。

やはり吉沢さんが何か一枚噛んでいる。

その証拠に、雫はスマホを握りしめていた。

ボイスレコーダーをオンにして。

雫は俺が催眠術にかかったフリをしていたことを知っている、その証拠に、顔はこれでもかというほど真っ赤だし、緊張と恥ずかしさからか、汗もダラダラかいていた。

『お兄さんは催眠術にかかりますよ』と、そそのかされたならこうはならない。

『お兄さんに催眠術をかけてみてください。正気を保ったままでも彼は催眠術にかかったフリをするでしょう。何故なら彼はあなたのことが大好きで、関係を改善したいと思っているからです』

あくまで予想だろうけど、雫の反応を見る限り、そんな雰囲気のことを言われたのだろう。

じゃないと謎に敬語になったりしないし、懇願するように催眠術をかけようとしないだろう。

一体どう言いくるめられたらそんな奇行に走らせることができるのか……！

吉沢さんの、りんこにも勝るとも劣らない人身掌握術に恐れ慄きながらも、少しだけありがたいと思った。

「…………っ」

雫が俺に催眠術をかける姿を見て、何故か、涙ぐんでしまう。

「な、なんで泣いてるのよ……やっぱり、わわ、私のことなんか、嫌いなのね……！　大嫌い……なのね……！　そ、そうなんでしょ！」

「それは違う！」

一度は失ったと思った繋がり。

なくしてしまった繋がり。

それを、お互いがお互いに正気だという変なシチュエーションだけれど、催眠術という方法を使って、雫自身が元に戻そうとしてくれたことが、俺は心底嬉しかった。

「久しぶりすぎて、その、嬉しかっただけだよ」

「うっ……」

涙ぐみながらそういうと、雫は顔を真っ赤にした。

「お兄ちゃんは、私のことが、まだ……大好きなの？」

恐る恐るしたその質問に。

あの度を超えた恥ずかしがり屋の雫が、勇気を出したであろう質問に、俺は迷わず答える。

「あぁ、ずっと大好きだったよ」

ここで答えを濁せば、もう二度と雫は歩み寄ってくれないと思った。

だから、本当の気持ちを告げた。

やばい……泣きそうなくらい恥ずかしい……っ。

「……うぅっ」

雫は五円玉をゆっくりと揺らしながら、もじもじしている。

「ごめん……今はまだ、これに頼らせて……じゃないと恥ずかしくて死んじゃう……」

催眠術は、かかっていない。

それは俺も雫もわかっている。

けれど今は、それでいい。

催眠術というフィルターを通してなら、雫が素直に自分の気持ちをぶつけてくれるのなら、
俺はそれで十分だった。

「あぁ、催眠術にかけられたときだけ、俺はお前のことを大好きになる。そういうルールだよな」

「そ、そういうこと……です……じゃあ、この五円玉をよく見て……っ」

揺れる五円玉を見つめる。

その向こうに、真剣な面持ちの雫がいる。

久しぶりだな、この感じ……。

「私のことが大好きなお兄ちゃんは、あ、明後日、一緒にお泊まり旅行に行きたくなる！」

「へ……？」

「お、お泊まり旅行に行きたくなるの！　そ、そう言えって言われてるの！」

雫と二人きりでお泊まり旅行……！

そう言えって言われてるってことは、きっと吉沢さんに何かしら吹き込まれているんだろうけど……！

い、一体どういう意図があってそんな破廉恥な！

「お願いかかってよぉ……っ」

涙目で催眠術にかかってと懇願する雫。

前の高圧的な態度とのギャップで、少しドキッとしてしまう。

「う、あ〜、雫と二人きりでお、お泊まり旅行行きてぇ〜っ！」

「うっ、じゃあ、明後日の朝九時に駅前集合で……！」

「わ、わかった」

お互い催眠術にかかっていないことは知っているのに、なんだこの茶番は……！

よく考えれば、今とんでもなく恥ずかしい状況なんじゃないか!?

胃がキリキリと痛む。

それは雫も同じなようで、もじもじと恥ずかしそうにしていた。

「そ、それじゃあそういうことだから！　す、すっぽかしたら……な、泣いてやるんだから！」

いつもの雫にしてはかなり弱気な捨て台詞を吐いて、俺の部屋を勢いよく飛び出していった。

「……」

俺は無言で吉沢さんに電話をかける。

ワンコールもしないうちに吉沢さんは電話に出た。

「どうでしたか？」

「どうでしたかじゃないですよ！　どうすればいいんですか！」

吉沢さんの第一声を聞いた瞬間、彼女のしたり顔が目に浮かぶ。

「市野先生なら飛び上がるほど嬉しい展開でしょう？　それに執筆活動も捗りそうですしね」

「そ、それはそうですけど……っ！　俺のメンタルが終わっちゃうじゃないですか！」

「笹本先生を超えるような作品に出会えるなら、私は市野先生の心が壊れてもかまわない」

「吉沢さんそろそろ地獄に帰ったほうがいいんじゃないですか？」

「私は知っていますから、市野先生は叩けば叩くほど大きくなるって」

「作品のことですよね!?」

「とにかく、笹本先生を超えるためにはもっと情報や経験が必要です。雫さんと二人きりでお泊まり旅行をすれば、作品にさらなる深みが生まれるかと思った次第です」

「俺の心の傷が深くなるの間違いでは？」

とりとめのない話を少ししたあと、吉沢さんは言った。

「雫さんは、勇気をだして市野先生を誘いました。わがままな彼女も彼女なりに、いろいろと考えています。応えてあげてくださいね」

「……もちろんです」

雫があんなこと、普段なら絶対に言わないなんてことは、俺が一番よく知っている。

勇気をだして、催眠術を俺にかけてくれたのだ。

「今回の旅費はすべて私もちです。月並みですが、楽しんできてください」

「は、はい……あ、ありがとうございます……っ！」

「それでは」

そう言って、吉沢さんは電話を切る。

人を傷つけながらじゃないと会話できない点と、目的のためなら自分以外の人間の心は死んでもいいと思う人間性さえ目をつむれば、吉沢さんはすごく良い人だ。

明後日、雫との旅行……それも泊まりで……。

「あーもう！　こんな状態で小説なんて書けるかー！」

俺はパソコンで女の子に引かれないファッションについて入念に調べ上げた後、机の上を片付けて、すぐさまベッドに入った。

８　二人きりの取材旅行

午前九時。駅前。

まだ朝だというのに、駅前は人混みでごった返していた。

俺はソワソワしながら、服の襟や裾を直す。

昨日いそいで買いに行った新品の服だ。

着替えに関しても、すべて新品を買い揃えた。

俺にはファッションセンスなんて皆無なので、ネットで女の子に嫌われない無難な服装を調べ上げ、そして念入りチェックし、購入した。

いつもなら服になんてこだわらないんだけど、この旅行は特別。

はじめて雫と二人で行く旅行なのだ。

「うぅ……」

新しく買った服の嗅ぎなれない匂いが、さらに緊張を助長させる。

俺はスマホのホーム画面をいったりきたりして時間を潰していると、カツカツと、小気味良く地面を叩く、ヒールの音が聞こえた。

「おまたせ」

膝下丈の黒のヘムスカート、淡い桜色のカーディガン。

白い小さなポーチを肩にかけて、薄めのメイクをした雫が、三十分早く待ち合わせ場所にやってくる。

「お、おう。俺も今来たとこ、だから」

ベタな返事を返す。

それを聞いて、雫は少しだけ顔を赤くした。

「その、ちょっとこっちきて！」

「え、あ、はい！」

手を握られる。

や、やわらけぇ！

高そうな香水の匂いと、雫の手の柔らかさにモニョモニョしていると、人気のない路地裏に連れ込まれる。

「じゃあ、さっそくだけど……これ見て」

何度見たかわからない。赤い糸で吊るされた五円玉。

「えっと……その……」

雫は耳まで真っ赤にして、これからかける催眠術の内容を口にする。

「今日は、その……か、カップルだから！」

「へ？」

「私たちは、兄妹だけど、か、カップルなの！　わかった!?」

緊張のせいか声が上ずっている。

これも吉沢さんにアドバイスされた結果の催眠術なのだろう。

催眠術にはかかっていないとわかっているにもかかわらず、正気を失ったフリをして、雫とカップルを演じなければならない。

「わ、わかった。じゃあその……」

俺は雫の気持ちを知っているし、雫も俺の気持ちを知っている。

それに、これ以上に恥ずかしいシチュエーションなんてもう幾度となく経験してきた。

ここまでくれば、自分の欲望に素直になるしかねぇ！

「手を……繋がないか？」

「ふぇっ？」

「え、あ！　こ、恋人なら！　手を繋いでたほうがいいかなって、お、思って！」

やっべぇめちゃくちゃどもってしまった！

さ、さすがにキモすぎたか……！

雫は俺のどもりボイス（甲高い）を聞いて、少し後ろを振り向いた後。

「……いいよ」

可愛らしい手を、俺のほうへ差し出す。

「あ、ありがとう」

肌がきめ細かくて、指の一本一本が細くて、爪の先まで傷ひとつない。

俺はそんな義妹の手を握った。

「っ！」

恋人繋ぎで。

「んっ、ちょっ、これ」

「カップルなんだろ！　そ、そういう催眠なんだろ！」

「そ、そうだけど……！　……汗かいたら、ごめんね」

眉を八の字にして、申し訳なさそうにそういう雫。

耳はこれでもかというほど真っ赤になっていた。

以前の雫なら、恋人繋ぎで手を握ろうものなら、プロレス技で関節を決められるか、ドリルで腹に風穴を開けられそうになるか、そんなリアクションをとりそうなものだけど、いろいろな経験を経て、かなり素直になったような気がする。

やばい。雫に催眠術にかかったフリがばれて、全然話せなくなっていた反動からか、自分でもびっくりするくらい恥ずかしいことを要求してしまう。

恋人繋ぎで手を繋いで、駅前を歩く。

「おい、あの子すっげぇ美人じゃね？」

「やっべクッソ可愛いじゃん！」

人混みの多い駅前、しかも夏休みの日曜日。

学生やら若者やらが雫の類稀なる容姿に反応しないほうがおかしかった。

「あ～でも彼氏もちじゃね？　手繋いでるし」

「えっ、でも彼氏そんなにイケてないし、俺らでもワンチャン……」

そんな声が聞こえた瞬間、雫と手を繋いでいた左腕が、少し強めに引っ張られる。

「……もっと、くっついてよ。……とられてもいいの？」

上目遣い。

少し申し訳なさそうに、雫はそう言った。

「っ！」

かわいい……っ！　かわいいがすぎる！

なんだこの世界一可愛い義妹は！

頭おかしいぐらい可愛いんだけど！

いつもはツンツンしてた反面、しおらしくなった時のかわいさたるや半端ねぇ！

あまりの高低差に気圧で鼓膜爆発しそうなんだけど！

こんなかわいい義妹、誰にもわたさねぇぞ！

たとえ世界を敵に回しても！

「ちょっと、お、お兄ちゃん！」

「ど、どうした雫……？」

「こ……声にでてた……っ」

「へ？」

雫に反応していた男どもは、皆同様に引き攣った笑みを浮かべていた。

俺はどうやら、脳内で雫かわいいと叫んだつもりが、声にだしてしまっていたらしい。

恥ずかしさのあまり脳みそが茹で上がる。

「し、雫！　お兄ちゃんにつかまれ！」

「ちょっ！　ひゃっ！」

雫の膝裏をすくいあげて、いわゆるお姫様だっこの体勢をとる。

そしてそのまま全力疾走で駅前を駆け抜けた。

一刻も早くこの場を立ち去らねば、恥ずかしさのあまり死んでしまいそうだった。

「雫！　目的地はどこだ！」

「え、駅の中、新幹線乗り場！」

「わかった！　つかまってろよ！」

「う、うんっ」

俺はそのまま雫をお姫様だっこし、駅構内を早足で駆け抜ける。

通り過ぎる人々の視線が、何故か俺たちに突き刺さる。

「おかしいぞ……！　駅前からもうかなり遠くにきたはずなのに！」

「お、お姫様だっこしてるからだよぉ……っ」

「はっ！」

衝撃の事実に足を止める。

灯台下暗しとはこのことか！

羞恥心から逃れるために、さらに新たな羞恥を生み出してしまっていた！

「ごめん、今すぐおろすから！」

雫をおろそうとするけれど、肩をトントンと叩かれる。

「お、おろさなくて、いいから……」

「わかった……！　お兄ちゃん一生お前を離さない」

「一生っ！　ば、ばか！　二年くらいでいいから！」

五円玉を揺らしながら、恥ずかしそうに俺にお願いする雫。

かわいいが天元突破している。

俺は雫をお姫様だっこしたまま、新幹線の切符を購入、そして新幹線に乗り込んだ。

そこに至るまで、さまざまな視線に晒されたのは言うまでもないだろう。

写真を撮る者までいたくらいだ。

しかしながら下ろす気にはなれなかった。

俺は雫にお願いされた。

妹のお願いを断れる兄などこの世界に存在しないのだ。

＊　＊　＊

予定通り、新幹線に搭乗した俺たち兄妹。

お姫様だっこしながら席に座ろうとしたが、駅員さんに止められてしまったので今は普通に座っている。

そういえば、旅行と言っていたけれど、俺は一体どこに向かっているのだろう？

雫との旅行という事実に舞い上がってしまい、目的地を聞くのを忘れていた。

「雫、俺たちは一体どこに向かってるんだ？」

「ひ、秘密。というか恥ずかしくて言えないし……」

「恥ずかしくて言えない旅行先ってどこだよ……」

いくら聞いても答えない雫。

まぁいずれわかるので、俺もしつこく聞くのをやめた。

そんなことよりも、俺にはやるべきことがある。

ポケットからスマホを取り出し、メモ帳アプリを開く。

先ほどまでの雫の圧倒的までの可愛さを記録しておく必要があった。

俺は間違っていた。

新作、催眠義妹のヒロイン、一ノ瀬沫ちゃんを、俺は雫並みに可愛くかけたと自負していた。

しかし、さっきの雫の可愛さと比べると、吉沢さんにおもしろいと言ってもらえた沫ちゃんでさえ、霞んで見えてしまう。

催眠義妹の一話は、もっと面白くできる。

認識が甘かった……！

指に残像が生まれるくらい、タップで雫の可愛いポイントをメモ帳に書き込み、そしてあらかじめ入れておいた小説本文を書き直していると、隣の席に座っていた雫が、不思議そうにこちらを見つめる。

「……何書いてるの？」

「え、あ、これはその……に、日記です」

「ふーん……そ、そっか」

雫は何故か恥ずかしそうにうつむいた。

おかしい……普段の雫なら、もっと根掘り葉掘り質問してくると思ったけど……。

まぁかかったフリ前提の催眠術とわかっている状態じゃ、雫もいつもの調子を出せないのかもしれない。

でも、なんで恥ずかしそうな顔をしているんだろう？

「……」

まぁいっか。

今はそんな答えのわからない問題よりも、雫の可愛さに沫ちゃんの可愛さを同期させることの方が大切だった。

今日は八月一日。

小説の一話が投稿サイトに公開される日だ。

もともと、閲覧数が伸びやすい午後六時から十時に合わせて、午後六時に予約投稿しようと思っていたので、まだ修正はギリギリ利く。

今日の更新分以降はこの取材旅行が終わった後に修正していく予定だ。

スマホを鬼タップする俺。

そしてそれをなぜか恥ずかしそうに見つめる雫。

無言の時間が流れているというのに、雫は文句ひとつ言わず、俺のことを見つめていた。

＊＊＊

しばらく新幹線に揺られ、電車をいくつか乗り継ぐと、目的地についた。

「ここってまさか……！」

和風建築の建物が立ち並び、色鮮やかな暖簾や、独特の香りがあたり一面を包んでいる。

俺は目の前の大きな看板を見て、自分が今どこにいるのかようやく理解した。

「は、箱根温泉!?」

日本では屈指の知名度を誇る温泉街。

数々の文豪も愛したと云われるその名湯に、俺も一度は使ってみたいと常々思っていた。

「予約してる宿は、あれ」

雫が指さす方向を見ると、一際大きく、厳かな造りの温泉宿があった。

俺のようなミーハーでも名前を聞いたことのある有名な温泉宿だ。

「あれって相当お高いんじゃ……」

打ち合わせする時にいつも水しか飲ませてくれない吉沢さんがよくこんな高級そうな宿を用意してくれたな……。

地獄からやってきたであろう担当編集にも、気前の良い日はあるんだなとびっくりしていると、スマホがピコンとなった。

どうやら誰かからメッセージが来たようだ。

『ここまでしたんです。笹本先生に負けたらわかってますよね？』

「ひっ⁉」

「どうしたの？」

「い、いや、なんでもない！」

タイミングの良すぎる吉沢さんからのメッセージに、思わずあたりを見渡してしまう。

まさかどこかから監視してるとかじゃないだろうな……。

「荷物置きにいくよ」

「お、おう」

茅葺の門をくぐり、手入れが行き届いている庭園を歩いて少し進むと、宿のエントランスらしきものが見えてきた。

和風のガラスの自動ドアの向こうには、ロビーホールが広がっている。

そしてその向こうには中庭が見えた。

これまでのすべてのしつらえが和風で統一されており、小物やガラス、照明に至るまでその雰囲気を壊すことなく、うまい塩梅に調和していた。

その他にもウェルカムドリンクや浴衣の貸し出し、和菓子のバイキングなど、サービスがこれでもかというほど充実している。

「す、すげーっ……」

素晴らしい空間を提供してもらっているにもかかわらず、そんな小学生並みの感想を呟いていると、いつのまにか雫が部屋の鍵をもらってきていた。

「……い、行きましゅよ」

「え？」

「行くよって言ってるの！」

「お、おう」

文句もつけようもない温泉宿なのに、なぜ雫は目的地を言えなかったのだろうか。

別に恥ずかしがることはないだろうに。

雫に連れられるまま、長い廊下を歩き、エレベーターに乗って、予約しているらしい部屋までたどり着く。

「こ、ここが私たちの部屋だから……」

謎に恥ずかしそうに鍵穴に鍵をさす雫。

鍵を開けてドアを開けると、高級感あふれる和モダンな一室が広がっていた。

床は畳で、中央には木製のちゃぶ台。

家具もすべて和風で統一されている。

奥には障子があり、部屋に備え付けの露天風呂が湯気を上げていた。

バルコニーからは、都会育ちには見慣れない自然が広がっており、まさに至れりつくせりの空間だった。

「ちょっと待ってくれ雫……この部屋って……」

「何も言わないで、恥ずかしくて死んじゃうから」

文句のつけようもない素晴らしい部屋なんだけど、ひとつだけ、看過できない問題があった。

ベッドがひとつしかないのだ。

枕が二つ綺麗に並べられているのを見る限り、吉沢さんが一人部屋を間違えて予約したわけではないのだろう。

雫が何故終始恥ずかしそうにしているか、ようやく理解した。

あの言葉責め専門学校主席卒業かつ人の心を弄ぶことに関しては他の追随を許さない大魔王系編集者吉沢伶香は、俺たちに義兄妹にカップル専用の部屋（個室温泉付き）を用意してくれたらしい。

「に、荷物を置いたら、ついてきて。あと言っておくけど、この後のプランは全部吉沢さんが用意したものだから……！」

「なるほど理解した」

何を理解したかは言うまでもないだろう。

この後にくるであろう受難、そして俺の胃に深刻なダメージが与えられるということ。

胃薬を持ってきておいて本当によかった。

「まぁ……その……」

雫は何やらもぞもぞしている。

「私も、ちょっぴりプラン考えたから、た、楽しみにしてて……く、ください」

「あ、ありがとう……」

前言撤回。

雫から与えられる受難であればもう耐性がついているし、お兄ちゃんのために一生懸命考えてくれたプランという補正がつけば、たとえ地獄旅行針の山ハイキングだろうが血の池上半身浴温泉めぐりだろうが全力で楽しめる自信がある。

荷物を整理し、大きなカバンを部屋に置いた後、俺は雫に言われるがまま温泉街にやってきた。

夏休み、温泉シーズンではないけれど、多くの人で賑わっている。

雫はうんうんと唸りながら、スマホのメモ帳を凝視していた。

おそらく吉沢さんと計画したプランとやらを確認していたのだろう。

「よし！」

確認が終わったのか、小さくそう呟いて、おもむろに俺のほうへ手を差し出してくる。

右手には糸のついた五円玉を持って、小さく揺らしていた。

「…………カップルでしょ」

本当に底抜けに可愛いんですけど。

吉沢さんはどうやってあのツンツン義妹をここまでデレさせたのか。

とにかく、人類が雫を取り合って戦争が勃発しないか心配だ。

俺が責任を持って雫の可愛いを受け止めなければ。

「この繋ぎ方でいいよな？」

「……うん」

指を絡ませると、雫は小さく頷いた。

あまりの可愛さに創作意欲が湧きすぎてどうにかなりそうだ。

「ついてきて」

雫に手を引かれ、温泉街の人混みを縫う。

こういう場合は男性の方がエスコートするのが凡例。

少し申し訳ない気持ちになりながら、ついていくと、赤い暖簾を引っ提げた可愛らしい茶店の前で止まる。

「箱根限定……温泉お餅？」

暖簾や看板に大きくそう書かれている。

どのあたりが温泉要素なのかは想像もつかないけれど、おそらくここでしか食べられない名産品的な何かなのだろう。

冷房の効いた店内に入り、店員さんに案内されるまま、すだれがかかった窓際の席に座る。

温泉街にきて、その土地の名産品を食べる。

吉沢さんが旅行プランの大まかな部分を計画していると聞いていたので、一体どんな責苦を受けさせられるのだろうと思っていたけれど、案外オーソドックスで安心した。

泊まる部屋はともかく、温泉街でおかしなプランを立てるほうが難しいよな。

「この温泉お餅ってやつすごく柔らかそうで美味しそうだな」

和紙をラミネートしたメニューには、お餅の写真も載っている。

パッケージは竹の皮の包みで和菓子らしさをしっかりとキープしつつ、中にはまっしろで柔らかそうなお餅が入っている。

お餅の中には羊羹や柚子なんかも入っているようで、写真と商品の説明を見るだけでも興味をそそられる。

鞄の中に入れたり、ほかの商品と一緒に持ち帰っても崩れないように配慮もされているようだ。

メニューの一番上にある、プレーンな温泉お餅を頼もうとすると。

「ちょ、ちょっとまって！」

「どうした？　これ頼むんじゃないのか？」

「……えっと、こ、これ頼んで」

雫は一際ピンクいメニューを俺に見せる。

「っ！」

その他とは一線を画す色合いをしたメニューには『カップル限定！　食べさせ合いっこができる一口温泉お餅！　ハート型の桜風味♡』と書かれていた。

「こ、これは……っ」

「よ、吉沢さんがここじゃないとダメって言ったんだもん！」

地獄からやってきた吉沢を少しでも信じた俺が馬鹿だった。

あの悪魔がただで旅行をさせるわけがないのだ。

散々俺をはずかしめ、そして小説を書かせることこそ奴の狙い。

どう頼もうか悩んでいると、雫のスマホがピロリンと鳴った。

「っ！」

雫の顔が一瞬で赤くなる。

何が起きたかは大方予想ができる。

「吉沢さんから何が送られてきたんだ？」

そう聞くと、雫は無言でスマホを見せる。

『お互いにあーんして食べさせている写真を私に送ってください。送らないと全力を尽くして雫さんを辱めますのでお覚悟を』

やはりあの女には人の血は流れていないようだ。

おそらく紫色の血とか流れていると思う。ナメック星人かよ。

俺はともかく、雫が吉沢さんの全力辱め攻撃を喰らえば正気を保っていられないだろう。

ここは兄として、体をはらねば！

「す、すみませぇ～ん！　この、カップル限定の温泉お餅くださぁ～い！」

通りかかった店員さんに注文する。

恥ずかしさのあまり声がうわずってしまったのは言うまでもないだろう。

店員さんは愛想良く返事をして、ニコニコと注文をメモ帳に書き込んでいる。

「彼女さんかわいいですね！　今日は温泉デートですか？」

「え、あ、まぁ、そんなところですっ」

店員さんのキラーパスに、顔を赤くしながらもなんとか対応する。

雫のほうを見ると、彼女はうつむいて。

「か……彼女……に、見えるんだ……えへへ……」

と、小さくつぶやいていた。

可愛いがとどまることを知らない。

そうこうしていると、カップル限定温泉お餅がテーブルに運ばれてきた。

可愛らしいピンクの和紙に、ハート型、桜色の温泉お餅がいくつかちょこんとのっている。

この一口サイズの餅を、カップルはお互いにあーんするらしい。

こういうのが大好きな陽キャの辞書にはおそらく恥じらいという言葉がないのだろう。

「お、お兄ちゃんから、あーんしなさい！」

先ほどまでうつむいていた俺の義妹は、なんとか正気を取り戻したのか、左手に五円玉ゆらゆら揺らしながらそう言う。

恥ずかしさのあまり五円玉を揺らしながらじゃないと喋れない様子だ。

「わ、わかった」

催眠術にかかったフリをしている俺に、断ることは許されない。

小さな温泉お餅を掴んで、雫の小さなお口に向ける。

「ほら……口あけて……」

「ちょ、ちょっと、おっきいよぉ」

「大丈夫、入るって」

「……あご外れちゃう」

「でも、入れなきゃダメなんだろ……」

「うぅ……頑張る……」

心なしか卑猥なやりとりになっている気がするが、気にしてはいけない。

「んぁっ……」

雫は大きく口をあける。

大きくといっても、雫にとっての大きくなので、俺からすればすごく小さい。

口の奥には、狭い口内の割には長い舌がのぞいていた。

「ひゃ、ひゃやくぅ……っ」

急かす雫。

これから雫の小さなお口におっきなピンク色の温泉お餅をぶちこむ。

別にやましいことはしていない。

カップルがよくする行為だ。

死ぬほど恥ずかしいことを除けば、なんらおかしいことはない。

「っ！」

俺は覚悟を決めて、雫の口に温泉お餅を入れた。

「んっ！　ゅっ！」

「どうだ？　うまいか……雫……？」

雫は俺の指ごと、お餅をくわえる。

「指は咥えなくてもいいだろ！」

長い舌に指があたった。

俺はすかさず雫のスマホで写真を撮る。

もぐもぐとハムスターのように餅を咀嚼する雫。

ちっさなお口におっきなピンク色の温泉お餅をぶち込んでしまったせいで食べるのに時間がかかってしまうようだ。

しばらくして。

「お、奥に入れすぎ……ばか！」

「ご、ごめん」

雫の舌の感触が未だに指に残っている。

今すぐこの感触をメモに書き込みたいがなんとか我慢する。

市野先生の正体がバレるのはまずい。

「じゃあ次は、お兄ちゃんの番……」

「お、おう」

雫はひときわ小さな温泉お餅を選んで指でつまむ。

「ん？」

温泉お餅をつまむんだあと、雫は左手でスマホを持って見つめている。

赤面している彼女を見るに、おそらく吉沢さんから何かしらの指令が下っているのだろう。

嫌な予感しかしない。

「つうう……約束だし、これを乗り越えなきゃ……私に未来はない……っ！」

何を言えばここまで人を追い詰めることができるんだ？

「お兄ちゃん、口、開けて」

「……わかった」

言われるがまま口を開けた。

するとと雫は、スマホを見ながらとんでもないことを口にする。

「お、お兄ちゃん……私の、や、やわらかくてちいさいのを……い、いっぱい頬張ってほしいの……っ！」

あの悪魔、人の妹になんてこと言わせるんだ……！

でもドキドキしちゃう俺の純情が恨めしいっ！

雫はピンク色の温泉お餅を俺の口に入れる。

「……っ」

いろんな意味で甘くて美味しい……。

「はぁ……っ！　はぁ……っ！」

なんとかお互いのあーんを写真に収め、雫は満身創痍で吉沢さんに写真を送信した。

雫が送信ボタンを押して数秒、俺のスマホが鳴る。

『たちました？』

「何がだよ！」

俺は吉沢さんのメッセージを既読無視して、雫の様子を窺う。

雫は玉のような汗を額に浮かべながらも、たぷたぷとスマホをつついていた。

「雫、その、大丈夫か？」

「ひゃっ！　きゅ！　急に話しかけないでよ！」

驚いた彼女は、持っていたスマホを落とす。

「わ、悪い」

ちょうど俺の足元にあったので拾おうとすると。

「だ、だめ！」

「え？」

視線の先。

雫のスマホの待ち受けが、先ほど撮った、ブサイク顔で俺が温泉お餅を食べている写真に変わっていた。

「……か、勘違いしないでよね！　これも吉沢さんに言われたことなんだから！　ほ、本当なんだから！」

「雫は可愛いなぁ」

「ふぇっ！　ば、ばか！」

久々にツンデレる雫。

拗らせまくる雫をここまで素直にさせた吉沢さんの手腕は、たとえ人の道を外れていたとしても評価せざるを得ない。

俺は吉沢さんとのメッセージを開き、ありがとうございますと、送った。

その後も温泉街の店をいくつか回った。

カップル限定温泉お餅を遥かにこえる受難を吉沢さんが用意していたことを知り、ありがとうございますと送ったことを後悔したのは言うまでもないだろう。

＊　＊　＊

腕時計を確認すると、時刻は午後六時を回っていた。

夏とはいえ、あたりが暗くなる時間帯。

温泉街でいろいろ食べ歩いたり、お土産を見て回った後、俺は雫に連れられるがままバスに乗っていた。

「なぁ、そろそろどこに向かってるのか教えてくれてもいいだろ」

「もうすぐ着くから、まってて」

目的地を聞いても、ずっとこの調子だ。

仕方がないので、スマホをつついて時間をつぶしていると、またも吉沢さんからメッセージが送られてきた。

『市野先生、今すぐ小説投稿サイトを確認してください』

文章から伝わってくる。

冷静な彼女にしては珍しく慌てている様子だ。

俺はアプリを起動して、小説投稿サイトを確認する。

トップページに、八月一日時点での日間ランキングが表示された。

「はぁっ!?」

視界に入ってきた衝撃の内容に、人目もはばからず叫んでしまう。

日間ランキングとは、一日経過時点（日に三回更新される）でのポイント数に応じてつけられるランキングのことだ。

他にも週間、月間、年間と、期間によって異なったランキングが存在する。

ランキング五位以内に入れば、小説投稿サイトのトップページ、いわゆる表紙と呼ばれる場所に表示されるので、読者の目に触れやすく、さらにポイントが伸びやすいのだ。

俺もその日間ランキングに載るため、人が多く見る時間帯に投稿し、一気にポイントをもらいランキングを駆け上れるよう、午後六時に予約投稿をしていた。

「なんで……どういうことだよ……」

俺が驚いているのは、日間ランキング、一位から五位までの作品、その作者名だ。

一位『毎日好き好き言ってくる幼馴染なんかに、俺は絶対だまされない……！』作者　笹本鈴紀
二位『地味で腹黒でも、あなたことを好きでいていいですか？』作者　笹本鈴紀
三位『雨の中、はじめての恋』作者　笹本鈴紀
四位『ただそばにいてくれるだけでいいのに』作者　笹本鈴紀
五位『月の影、思い出の落書き』作者　笹本鈴紀

日間ランキング一位から五位、すべての作品、すべての作者が笹本鈴紀。

アクセス数が最も多いランキング、五つしかない席を、人気ジャンルであるファンタジーをもおさえて、りんこが独占していた。

そして表紙から外れた六位に。

『毎日死ね死ね言ってくる義妹が、俺が寝ている隙に催眠術で惚れさせようとしてくるんですけど……！』　作者　市野青人
「そんなのありかよ……っ！」

俺はすぐさま吉沢さんに確認した。

『複数投稿するなんて聞いていません！』

『私も聞いていませんでしたし、想定すらもしていませんでした。それは編集部も同様です』

当然だ。

五作品一気に投稿してランキングを独占するなんて、思いついても物量的に用意するのに時間がかかるし、相当な技術も必要だ。

想定しようもない。

投稿サイトを開いてすぐ見える表紙、ランキング一位〜五位まではアクセス数が跳ね上がるが、逆に表紙から外れた六位は、ランキングを全て表示しなければ見られないので、アクセス数が極端に下がる。

「っ！」

一話でのインパクトなら催眠義妹のほうが上、吉沢さんがそう言っていたので、間違いないはずだ。

俺は指を急いで動かして、一位の作品をタップする。

「……なんだよ、これ………っ」

文字が美しい。

すらすらと脳みそに入ってくる。

理解しようとする必要すらない。

それほどまでに読みやすく、美しい。

主人公のわかりやすい反応に、笑えるコメディ。

幼馴染の恋心を情熱的に描き、無理やり心を抉り、感情移入させる技術。

ライトノベルと純文学が最高の形で調和しているような。

正直、俺の技術じゃ測れない。

レベルが高すぎて、何をやっているかもわからなかった。

「…………」

あっという間に、一話を読み切る。

序盤は勝てると思っていた。俺の企画のほうがインパクトもあるし、目も引くからだ。

吉沢さんもそう言っていたし、俺自身も、そう思うし自信があった。

問題は後半部分、差をつけられるとしたらそこしかないし、そこが致命的。

逆にいえば、序盤勝てるだけまだ望みがあったのだ。

それをりんこは覆した。

五作同時投稿という荒技で。

話題性、作品の完成度、一つの作品にハマれば読者は他の四作品も読むだろう。

そうしてポイントを共有することにより、ポイントを入れてくれる読者の幅を広げる。

作品に高い質が求められるということと、物量がとんでもないということを除けば、考えれば考えるほど有用な作戦だった。

りんこにしかできないし、りんこだから最大の効力を発揮する。

『市野先生の作品のポイント数も悪くありません。むしろいつも通りのランキングであれば確実に五位以内には入っているポイント数です。しかし笹本先生の五作品のポイントは圧倒的です。編集部内でも驚いてはいますが、おそらくルール違反だと咎めることはしないでしょう。そもそも禁止されてはいないですし、話題性があればあるほど、編集部としては万々歳でしょうから』

絶望。

まさに完璧。

穴がなさすぎる。

どうあがいても勝てるビジョンが思いつかない。

「……どうしたの？　お兄ちゃん」

心配そうに俺の顔を覗き込む雫。

俺の目的は、雫との関係を改善すること。

そういう意味では、目的は達成しつつある。

「悪い、急に叫んだりして……なんでもない……」

そうだよ。

別にりんこに勝てなかったからといって、雫と仲直りさえできれば、当初の目的は達成できたということになる。

このまま取材と称して、雫と旅行を楽しめばいい。

嫌なことをすべて忘れればいいだけじゃないか。

「…………っ」

肩をおとしてうつむく。

雫の視線を感じるけれど、今は体裁を取り繕う気にはなれなかった。

『言ったでしょ？　全部壊すって』

りんこの言葉が脳内に響く。

雫と仲直りさえできればそれでいい。

そんな簡単に気持ちを切り替えられるほど、俺は賢くない。

催眠義妹という作品に、俺はかなりの思い入れがある。

ヒロインは雫なのだ。

一ノ瀬沫は雫の分身なのだ。

俺が考える、世界で一番可愛いヒロインなのだ。

雫を好きだという気持ちを、これでもかというほど詰め込んだ作品なのだ。

それが負けた。

りんこの作った幼馴染に。

なすすべもなく敗北したのだ。

「くっそぉ……」

悔しさと、情けなさで泣き出したいくらいだった。

こんなんじゃこの先雫とだって……。

暗い考えが頭をよぎる。

その瞬間。

「お兄ちゃん！」

「っ！」

雫に肩を揺さぶられて、ようやく正気にもどる。

あたりを見回すと、どうやらバスは止まっているようだった。

窓の外は暗く、外の景色は窺えない。

「ここは……一体……」

「目、つむって」

「え……？」

「いいからつむって！」

「わ、わかったよ」

五円玉を揺らしながらそう催促する雫。

今日一番の強気の態度に、少し面食らった俺は、言われるがまま目をつむる。

雫に手を引かれるまま、俺はバスを降りる。

少し湿った空気に木の香り、冷たい風。

足元は、柔らかい。芝生だろうか？

「雫、一体どこに……」

「もう少しで着くから」

「……」

本当はこんなことしている場合じゃない。

りんこは俺がこうして遊んでいる間にも、小説を書いている。

……まぁ、俺なんかが今から必死こいて書いたって、りんこに及ぶべくもないんだろうけど。

視界が暗い。それと同じくらい、俺の心も暗い。

完膚なきまでに叩きのめされた。

作品の質でも、作戦でも、完全敗北。

雫よりも、りんこの考えた幼馴染のほうが可愛いって、証明されてしまったのだ。

ここから俺が、りんこの技術を上回るような進化を遂げなければ、勝てない。

創作は一朝一夕に上手くならない。

何度も何度も失敗して、何度も何度も試行錯誤を重ねて、そしてようやく少しだけ進む。

それを繰り返して、上手くなるのだ。

この一ヶ月でどうこうできる差じゃない。

そう確信できるほど、りんこの力量は圧倒的だった。

「うっ……ちくしょう……」

暗い視界が濡れる。

閉じたまぶたから、雫がこぼれた。

情けなさで胸がいっぱいになる。

「お兄ちゃん、着いた」

細い指が頬をなぜる。

涙をぬぐう、雫の指。

「目、開けていいよ」

俺が泣いている理由を聞かずに、雫はそう言った。

俺は言われるがままに、ゆっくりとまぶたを開いた。

眼下には、暗闇。

青く、淡く、光る、芝生。

光の正体を見つけるために、ゆっくりと顔をあげる。


「…………ぅぁ」


広がるのは無数の光。

暗闇に流れる運河。

空が落ちてきたと錯覚するほどの、強く輝く星々。

冷たい風、空気が透き通り、何万光年と先にある惑星の光が、とてつもない時間をかけて、俺の網膜に飛び込んできた。

「すごい……星に、手が、届きそうだ」

手を伸ばせば、宝石のような光に触れられるんじゃないかって錯覚するほどに、強い光だった。

「お兄ちゃん、覚えてる？」

「……な、何を、だ？」

「覚えてないの……？」

「ご、ごめん」

雫は少し口を尖らせる。

「私がお兄ちゃんの家に引き取られた時、お兄ちゃんは、私をいろんなところに連れて行ってくれたよね。花火をしたり、紅葉狩りに行ったり、雪山で雪遊びしに行ったり」

星の明かりに照らされて、雫の顔は淡く照らされる。

神様がエコ贔屓したとしか思えないような美貌。

それが、星空という宝石によってさらに引き立つ。

「最初は正直、うざいと思ってた。一人にしてほしいって思ってた」

「ご、ごめん」

雫は両親を亡くして、うちに引き取られた。

俺はそんな雫を元気づけようと思っていたんだけれど、やはり逆効果だったようだ……。

「だから、拒絶した。たくさん悪口も言ったし、叩いたりもした。一人にしてほしかったから。……それでもお兄ちゃんはそばにいてくれた。私は、その……性格がすっごい悪いから、試してたのかもしれない。この人は、どこまで許してくれるんだろうって、どこまで受け止めてくれるんだろうって……」

「雫……」

「今でも忘れないよ。小学一年生の夏休み。八月一日。……私の、お父さんとお母さんの命日。落ち込んでいる私にさ、見せたいものがあるって、お兄ちゃん私を夜に連れ出したよね。あしらうのも疲れてたからさ、私は言われるがままについていった」

そう言われて、ようやく思い出した。

雫が泣いてうつむいているのを、俺は見ていられなくて、あてもなく、外に連れ出した。

行き先はわからない。

それでも一人にさせておきたくなかった。

そうして飛び乗ったバスで、俺と雫は。

「海に行ったよね。思い出した？」

「あ、あぁ」

バスの終点。夜の海。

そこには、今目の前に広がる星空と同じくらいの景色が広がっていた。

「そこでさ、星空で照らされた……お兄ちゃんの笑顔を見て……」

頬を赤く染める。

首筋は少し汗ばんでいて、瞳は濡れている。

大人の魅力を醸し出しつつある雫の空気に、俺はあてられて、息を呑む。

少しだけ、静寂。

雫は顔を真っ赤にしながら、右手に持っていた、赤い糸で繋がれた五円玉つるして、そして揺らそうとした。

けれど。

「……これには、もう、頼っちゃダメだよね」

五円玉を、小さな手の中に、しまう。

そして、小さく息を吸って。

「星の明かりに照らされた笑顔を見て、私はお兄ちゃんのことを、大好きになったの」

数多の光。

赤や、青、白の光。

その中で、雫は。

雫は、笑っていた。

「っ……」

息ができない。

言葉じゃ表現できないくらいに。

十万文字使ったって、伝えられないくらい。

雫の笑顔は、綺麗だった。

「たくさん傷つけて、ごめんなさい。ずるいこともたくさんしたし、わがままもたくさん言っちゃった……そんな私が、今さらお兄ちゃんのことを大好きなんて、虫のいい話かもしれないけど、それでも伝えたかった」

紡ぐ、言葉のひとつひとつ。

それが、胸に染みる。


「ありがとう、ごめんなさい。それに、大好き」


こんなにも、綺麗な子が、この世界にいていいのか。

そう思ってしまうほどに、ひたすらに、ただひたすらに、雫の笑顔は、綺麗だった。

「お、俺も、雫……のことが、大好きで……でもどうしていいかわからなくて、催眠術にかかったフリをして、りんこにも、ひどいことして……俺もわるいこと、たくさんしたんだ……っ」

涙と一緒に、想いの丈があふれる。

「ごめんな雫……傷ついたお前を、笑顔にしたくて、でも何をすればいいのか、わからなくて、嘘ついたことがバレて、でも、上手くいきそうだったのに、小説も、全部ダメで……でも俺は、お前のお兄ちゃんで、お前が大好きで……あれ、何言ってるんだ俺……っ」

　俺は、雫の笑顔が見たかった。

　一目惚れで、大好きで。

　そんな女の子の笑顔が見たかった。

　たったそれだけのことだった。

　それなのに遠回りをした。

　たくさん嘘もついたし、大切な友達を傷つけた。

「俺がもっと、うまいことできるお兄ちゃんだったら……お前を、泣かせることもなくて……っ、こんなお兄ちゃんで、ごめんな……っ」

　鼻水垂らして泣きわめく俺。

　本当、情けないお兄ちゃんだよな。

　そんな俺を、雫は抱きしめる。

「お兄ちゃんは、私にとって、ずっと最高のお兄ちゃんだった。それに気づけなくて、素直になれなくて、ダメな妹なのは、私のほうだよ……。失って、自分が傷つけられる側になって、それでも素直になれなくて、またお兄ちゃんに手を差し伸べてもらって、ようやく、勇気が出せた」

　頬にあたる雫。

赤色の瞳から溢れる涙は、星空を映して、キラキラと輝いていた。

「本当に大好きだから、私は……毎日死ね死ね言っちゃうような、ダメな妹は、お兄ちゃんを催眠術で惚れさせようとしたんだよ……？」

涙が宝石。

満天の星空は彼女を照らすための照明に過ぎなくて。

雫の笑顔は、この世界に存在するどんなものよりも美しい。

俺の瞳は、この光景を写すために存在するのだ。

「雫、俺もお前が大好きだから、催眠術にかかったフリをしたんだ」

濡れた瞳が重なり、ゆっくりとまぶたを閉じる雫。

言葉を交わすこともなく、俺は顔を近づけた。

火照った唇が重なる。

この瞬間が、永遠になればいい。

きっと雫も、そう思っているだろう。

＊　＊　＊

それから幾ばくかの時が立って、俺と雫はバス停のベンチで二人座っていた。手を繋いで。

「……お兄ちゃん」

「どうした？」

「私に何か、隠してること、あるでしょ」

「へ……!?」

先程の甘い空気はどこにいったのか、雫は冷たい声でそう言った。

「言うなら今のうちだよ」

「えっ、あっ、なんのことかなぁ～っ」

正直隠していることがありすぎてどれのことを言っているのかわからない……！

俺は苦笑いを浮かべて誤魔化すしかなかった。

「……しらばっくれるんだ。ふぅ～ん」

雫はスマホをたぷたぷつついて、とあるページを開く。

そのページは、俺も何度も見たことのあるページ。

ｗｅｂ小説投稿際サイト、そのランキングページだった。

「えーと、毎日死ね死ね言ってくる義妹が、俺が寝ている隙に催眠術で惚れさせようとしてくるんですけど。第一話、世界一可愛い俺の義妹」

「ちょっ！　ちょっとまて！」

いきなり催眠義妹一話目を大声で朗読しはじめる雫を、俺は制止する。

「なんで止めるの？」

ニヤリと笑う俺の義妹。

まさか……っ！

「し、知っているのか……？」

「何のことですか？　市野先生？」

「めちゃくちゃバレてるじゃねぇええかぁああっ！」

俺のことを市野先生と呼んだ瞬間。

俺イコール市野青人という隠し続けてきた事実が、バレているということは、簡単に理解できた。

「女装までして私と仲直りしようとするなんて……ほんと、シスコンすぎ！　まぁ……それを知れたおかげで、私も素直になれる勇気が出たんだけど……」

「ご、ごめんキモかったよな……」

「そんなことない！」

「雫……っ」

「私、すごく嬉しかった……じ、地味女より私を選んでくれたこと、私に、勇気を出させようとしてくれたこと……本当に、嬉しかった」

吉沢さんが雫を素直にさせた魔法。

おそらくその一つが、そんなことを市野先生だとバラすことだったのだろう。

今思い返せば、俺のことを匂わせるシーンがいくつかあったように思える。

雫が素直になれる勇気を持てたのは、他でもない吉沢さんのおかげなんだけれど、今は無性にやつの顔をぶん殴りたかった。

「お兄ちゃんはその……私に吐き出したい劣情を抑えるために、義妹小説を書き始めたんでしょ？」

「……へ？」

「吉沢さんが言ってたもん、お兄ちゃんはその……私のことが大好きすぎて、エッチなことしそうになるたびに、義妹小説を書いて紛らわせてたって。それがカタイモだって、言ってたもん」

あ、あの編集とんでもねぇホラ吹いてやがる……！

た、たしかに雫への願望が、小説に反映されていないと言えば嘘になるけど、だからってそこまでは……！

「私に……その、エッチなことをしたいと思えば思うほど、小説が捗るんでしょ？　面白い物語がかけるんでしょ？」

「だ、誰がそんなことを言ってたんだ？」

「吉沢さん」

「雫、あの人をあんまり信用しないほうがいいぞ？　お兄ちゃんみたいに傷つきたくなかったらな」

「……じゃあ違うの？」

悲しそうな瞳。

捨てられるのを拒むような、小動物の瞳。

そんな顔をされて、俺が雫を拒めるはずがなかった。

「うぅっ……そ、その通りだけど……っ！」

「……お兄ちゃんのえっち」

恥ずかしさのあまりバス停の看板に頭を打ちつけたくなったけど、なんとか堪える。

たしかに雫の可愛いところに気づくたび、俺の創作意欲が刺激されるのは事実だ。

「お兄ちゃんは、私のこと、世界で一番可愛いって、思ってるんでしょ……？」

上目遣いで、雫はそういう。

「あぁ、間違いなくお前は世界で一番可愛い」

「ひぅっ……」

迷いなくそう言い切った。

気持ちが通じ合った今、どもる必要も恐れる必要もないのだ。

「お兄ちゃんは私に、手を差し伸べてくれた……諦めないでいてくれた……だから、私も」

俺の手を強く握って、雫は。

「お兄ちゃんのために、頑張るよ」

そう言って、俺の肩に頭を預けた。

9　毎日死ね死ね言ってくる俺の義妹は、世界で一番可愛い。

三十分ほどバスに揺られ、俺と雫は温泉宿に戻ってきた。

カップル専用の一室。

部屋の角に据えられている大きなベッド。

そのベッドの上で、俺たち兄妹は借りてきた猫のようにちんまりと座っていた。

「……」

「……」

き、気まずい。

お互いの気持ちを確認し合った後、誰もいない二人きりの空間。

しかもカップル専用の一室ときている。

意識しないほうがおかしい。

雫は用意されていた浴衣に着替えていて、仕切りに胸元を気にしている。ちなみに俺も浴衣だ。

スレンダーな体型の雫に、和装はよく似合う。

俺は雫の浴衣姿をチラチラ見ていると、雫はそんな視線を察知したのか、さらに浴衣の胸元をきつくしめた。

「ねぇお兄ちゃん……」

「ど、どうした雫」

「バスの中で、叫んだのって……小説の、ことなんでしょ」

「あ、あぁ。そうだ……」

俺の新作小説『催眠義妹』は、りんこの幼馴染小説に完膚なきまでに叩きのめされている。

それは現在進行形で、だ。

「私も……読んだよ。あいつの書いた幼馴染小説。正直、すごく面白かった」

「……だよな」

純粋な読者である雫にも、それは伝わるだろう。

りんこの小説は素人目から見ても出来が良い。疑いようのない事実だ。

うつむく俺を見て、雫はあわてて訂正する。

「でも、私はお兄ちゃんの小説のほうが百倍好き！　あんな悲しい幼馴染小説なんかより、催眠義妹のほうがずっとずっと楽しいもん！」

「お、俺もそう思いたいけど……実力差は歴然だ……ここからどうやったって、りんこには勝てない……」

俺の小説で、りんこのような重厚感のある人間ドラマは展開できない。

行き当たりばったりで、キャラクターが動き回る、俺の小説はそんなアップテンポな小説なのだ。

対してりんこの小説は、一見アップテンポな小説に見えて、その実、重厚な人間ドラマ。

幼馴染が主人公を好きで、けれど報われない。

そんな誰しもが経験したことがあるであろう報われない恋を軸に、話を展開していく。

そんな質の高い小説が五作品、アクセス数の多いランキングを独占しているのだ。

逆立ちしたって勝てない。

「あいつと、おんなじ土俵で戦う必要なんてないよ」

心を読んだかのように、雫は俺の手を握って、そう言った。

「お兄ちゃんの小説は、いや、ライトノベルは、その……義妹が、沫ちゃんが、可愛ければ可愛いほど面白い。そういうラノベでしょ？」

「っ！」

脳内に雷鳴が轟く。

例えるならば、雫の一言はそんな衝撃だった。

俺は何を血迷っていたんだ。

重厚な人間ドラマ、悲恋、質の高い物語。

そんなのはりんこの強みだ。

りんこにしかない武器で、りんこが扱うから強い。

俺がそれを真似ようとしたって、真似れるわけがないし、勝てるわけがないのだ。

逆に、りんこになくて俺にあるもの、俺にあってりんこにないもの。

その答えを、俺はとうの昔から知っている。

「雫っ！」

「ひゃっ！　な、何!?」

俺は雫をベッドに押し倒す。

困惑した表情をうかべる彼女。

頬は赤く染まり、首筋に汗を浮かべ、股をもじもじと擦り合わせている。

「お、お兄ちゃん……？　どうしたの……？」

「雫！　俺にはお前しかいないんだ！」

「ひぅぅっ！」

雫の目がトロンと濡れる。

「俺の創作の原動力はお前だ！　お前がいなきゃ俺はラノベを書けない！　お前がいなきゃ、俺は生きていけないんだ！」

「ら、らめだよお兄ちゃん……！　私たち兄妹なんだよ……っ！」

「そんなこと関係あるか！」

逃げ出そうとする雫の両手を掴み、動けないよう拘束する。

星空の下、雫の笑顔を見た時。

言葉に表せないほど、美しいと思った。

俺はまだ、この最高にかわいい義妹を、表現しきれていない。

一ノ瀬沫よりも、市ケ谷雫のほうが、まだまだ圧倒的にかわいいのだ。

「雫……お兄ちゃんのために頑張るって言ったよな？」

「う、うん……言った……よ」

「じゃあ、恥ずかしくても、頑張れるよな？」

「え、ちょっ、何する気っ!?」

暴れようとする雫を、力で押さえつける。

いつもの雫の力なら、俺みたいなもやし男の拘束なんてはねのけられるはずなんだけど、何故か雫の力がいつもより弱かった。

とにかく。

小説のヒロインと、モデルである雫の魅力に差がある時点で、まだまだあの作品のポテンシャルを引き出せていないということなのだ。

雫の魅力を研究し、そして作品に落とし込むことができれば、催眠義妹はもっと面白くなる！

「何する気って……お前もその気だったんだろ？」

「……えっ、あっ……」

「素直になるんじゃないのか？　ん？」

すまない雫……！

これも作品の面白さを引き出すために必要なことなんだ！

俺はお前を世界で一番可愛いヒロインとして描かないと、気が済まないんだよ！

「うぅ……そりゃ、そういうこと、したいって……思わなくも、ないけど……っ」

よかった……。

どうやら雫は、俺の取材に協力的なようだ。

「じゃあ、頑張れるよな？　お兄ちゃんのために、一肌脱いでくれるよな？」

「う……うんっ……いいよ……来て……っ」

そう言って、雫はキツく締めていた浴衣の襟を緩める。

少し火照っていて、柔らかそうな淡いピンク色の肌が露出する。

「さすがは俺の妹だ。いっぱい可愛がってやるからな」

いつになく素直な雫の頭を優しく撫でてやる。

艶やかでサラサラな髪の毛は、甘い香りを醸し出している。

「お、お兄ちゃん……いっぱいしゅきいっ」

雫は目にハートを浮かべてやる気十分なようだ。

これなら有意義な打ち合わせができること間違いなしだろう。

とにかく、今は担当編集である吉沢さんに改稿していいか聞くのが先決だ！

俺は枕元にあったスマホをとって、すぐさま吉沢さんに電話をかける。

雫が何故か困惑した瞳でこちらを見つめていた。

「あ、もしもし！　吉沢さん、市野です！　新作小説の件なんですけど、明日以降の投稿分、すべて書き直したいんですけど！　問題ないですよね？」

『その声のトーン、何か名案でもあるんですか？』

反響する音声。

時刻は午後九時を回っているけれど、吉沢さんはまだ会社にいるらしい。

「名案なんかないです。でも、シンプルな答えに気が付いたんです」

先ほど、雫の一言によってようやく気が付いた。

いや、目が覚めたと言ったほうが正しいだろうか。

りんこと同じ土俵で戦うことはもうやめる。

俺には、俺だけにしかないものがあるのだ。

「俺の義妹は、世界で一番可愛い。りんこの作ったヒロインにも、この世界に存在するどんなヒロインよりも、可愛い。それを表現すれば良いだけだって」

迷いなく言い切ると、スマホの先から吉沢さんの笑い声が聞こえた。

『ふふっ、市野先生らしい死ぬほど気持ち悪い答えですね』

悪口を言われているはずなんだけど、不思議と悪い気はしなかった。

義妹が大好きで、それを表現するのが俺の仕事であり、得意技。

これしかりんこに勝つ道はない。

「俺の唯一の得意はキャラクター。俺には雫しかいない。それしか道はありません」

『わかりました。私はこのまま編集部に泊まりますので、いつでも原稿を送ってください。笹本先生は五作品投稿でしたが、こちらもそれに対抗して、物量で勝負しましょう。市野先生が書いたものを私が誤字修正し、投稿サイトにどんどんアップしていきます。とにかく書けるだけ書いてください。勝つためには、もうそれしかない』

「わかりました！　よろしくお願いします！」

これから書くとなると、原稿を渡すのは深夜や朝方になるだろう。

それでも一切迷うことなく協力してくれたことに、胸が熱くなる。

半端な作品は出せない。

信頼に報いるためにも、絶対に諦めるわけにはいかない。

『あ、あと、雫さんに電話代わってもらってもいいですか？』

「えっ、別にいいですけど、何か用ですか？」

『ええ、少し』

詳細を話さない吉沢さん。

少し怖いけど、ここで渡さない理由は別にないので、俺は素直に雫にスマホを渡す。

雫はなぜか俺をにらみつけながら、スマホに向かってうんうん頷いていた。

あの悪魔と催眠系義妹が結託しているような、そんな印象を受ける相槌だ。

正直嫌な予感しかしない。

しばらくして、通話が終わると、雫はスマホをベッドの上に置いて。

「は、恥ずかしいことって……取材のことだったのね……」

俺のことを薄目で見ながらそう言った。

「え？　それ以外に何があるんだよ」

「……ぅっ！　こ、この！　ま、まぁいいわ」

雫は何か言いたげにしながらも、言葉を飲み込んで、鞄から何やら箱のようなものを取り出した。

「お兄ちゃん、これを食べなさい！」

「こ……これは？」

「小説が死ぬほど書けるようになるチョコレートよ！」

箱を開くと、小さくて丸い可愛らしいチョコレートが六つほど、綺麗にラッピングされていた。

「そ、そんなものがこの世に存在するのか!?」

「吉沢さんからこんなこともあろうかと、前もってもらってたの」

「ふーん……そのチョコは、その、吉沢さんが作ったのか？」

「たぶんそうだと思うけど」

頭を動かすには糖分が必要だ。

そういう意味では、チョコレートを食べると小説が死ぬほど書けるようになると言えないこともないけど……。

「それなんか変な薬とか入ってないよな？」

「いいから食べなさい！　この鈍感天然タラシのラノベ主人公っ！」

「あぐぅっ！」

雫に無理やりチョコレートを口の中に放り込まれる。

甘さと、少しの苦味、そして不思議な香りが口いっぱいに広がった。

あれ……なんだか……意識が朦朧と……。

「まだまだあるわよ！」

咀嚼し飲み込んだ瞬間。胃が焼けるように熱くなる。

「まぐっ！」

箱の中に入っていたチョコレートを、俺はすべて平らげてしまった。

しばらく経つと、頭がぼーっとして、すごく良い気分になってくる。テンションが上がってきたといえばいいのか？

とにかく意味もなく笑いだしたいくらいにはハイになっていた。

「うぃっ、ひっく」

「ど、どう？　効いた？」

「雫、取材をするぞ」

今のこの気分なら、恥ずかしがらずに雫に取材できそうな気がする。

なりふり構わず描写をすることも、だ。

俺は雫をお姫様抱っこして立ち上がる。

「え！　ちょっ！　どこさわってんのよ！」

お尻も触ってしまっていることは些細な問題にすぎない。

義妹のお尻の柔らかさを調べるためにどうせこの後揉みしだくのだ。今触って感触を軽く確かめておくのは悪いことではない。

「雫！　ツンツンしている時間はないんだ！」

「ちょっ！　いやっ！　離して！」

「いいや離さない！　もう絶対に、離さないっ！」

離してという言葉に反応して、お姫様抱っこした雫を一旦おろして、思わず胸に抱き寄せてしまう。

「離れるなんて言うなよ……俺たちようやく、心が通じ合ったんだからさ！」

「ううっ！　悔しいけどかっこいい……っ！」

「雫も天使みたいに可愛いよ」

「ふぁっ!?」

「食べちゃいたいくらいさ」

「お、お兄ちゃんいっぱいしゅきぃっ……！」

なんだろう、今のこの気分なら、思っていることをすべて話せるし、書き出せそうな気がする。

「それじゃあ雫」

雫の肩を抱き寄せて、耳元でささやく。

「お風呂に入ろうか」

「ふぇっ？」

＊　＊　＊

小さな竹林を、暖かな光がライトアップしている。

個室に備え付けられた本格的なヒノキ風呂。

温泉の独特の香りに、厳かな庭園、そして空に散らばる美しい星々。

「でも、そんな綺麗なものたちも、お前がいることによってかすんでしまうよ。雫」

「お、お兄ちゃんっ……じろじろ見ないでよぉ……」

あれから多少の押し問答はあったものの、俺は雫を湯船に浸からせることに成功していた。

生まれたままの姿の雫。

恥ずかしそうに頬染めて、髪を濡らす雫の姿。

湯船に肩まで浸かっているためボディラインは見えないが、雫が裸でお風呂に入っていると

いう事実だけで日本中のご飯を食べ尽くせるほどだった。

「は、恥ずかしいよ……」

湯船の端にあった白いタオルに手を伸ばす雫。

「馬鹿者！　湯船にタオルをつける気か！」

「だ、だってお兄ちゃんおっぱい見ようとしてくるんだもん！」

「おっぱいくらい見て何が悪い！　俺たちは両思いなんだぞ！　キスだってしたんだぞ！　おっぱいくらい見てとやかく言われる筋合いはない！　むしろ見せろッ！」

「吉沢さんチョコレート（調理酒入り）効きすぎてるって……ッ！」

俺は雫を凝視しながら、スマホ（防水）を鬼のような速さでタップ打ちしていく。

この可愛さをあますことなく後世に伝えることが俺の生きる使命とさえ思えてくる。

「し、雫、死ぬほど可愛いぞ。可愛いしエロいぞ……っ！」

「ば、ばかっ！　もう限界！」

雫は俺の忠告を聞かず、湯船にタオルをつけて体を隠した。

「おい……何してんだお前……」

「ひぃっ！」

思わず低い声が出てしまう。

俺の鬼のような形相を見て、怯える雫。

たとえ世界で一番愛おしい雫だとしても、俺の雫をしか……もとい愛しむ時間を邪魔することは許せない。

「お兄ちゃんに逆らったな？」

「べ、別にそんなつもりじゃ……」

「おイタをしてしまう俺のかわいい妹には、お仕置きしないとな……」

「お、お仕置き……っ」

唾を飲み込む雫。

俺はその期待に満ちた視線を見逃さない。

「お仕置きだというのに期待をしてしまうなんて、本当にエッチな子だな、雫は」

「き、期待なんてしてないもん！」

「催眠術を俺にかけて、ドSを演じさせたことがあったよな？　ん？　忘れたとは言わせないぞ」

「わ、私を辱めても無駄なんだから！」

「お兄ちゃん知ってるんだぞ。雫は本当はいじめられるのが大好きなエッチな妹だってな……っ！」

「ひゃぁん！　らめぇっ！」

俺雫のタオルを剥ぎ取り、それと同時に手首を掴み立ち上がらせる。

引っ張った時思いの外軽くて、雫が自分から立ち上がったような気がするのは、きっと気のせいだろう。

「つ！」

息を飲む。

淡いライトに照らされた魅惑の肢体。

スラリとしているのに女の子特有の柔らかさを宿しているような、そんな矛盾ボディ。

雫は片手で隠そうとしているけれど、所詮は片手。

どうしたってはみ出してしまう。

俺はその光景を網膜に焼き写し、そして指を拘束回転させ、画面も見ずに文章をスマホに打ち込む。

「そ、想像以上に最高だッ！　こんなあっていいのかこの世界にッ！」

「お、おっぱい見ないでぇ……っ！」

「安心しろ雫、とっても可愛いぞ！　可愛いを通り越してもはや別の語句を作りたいくらいだ！」

片手での拘束にもかかわらず、雫は逃げ出そうとしない。

その理由は定かではないけれど、僥倖。

とにかく書き記さねば。

この美しさを。

「こ、この可愛さやエロスを表現するにはこんなクソみてぇな文章じゃダメだ！　もっと、もっとできる！　限界を超えられる！」

「そ……そんなにかわいい？」

「可愛いに決まってんだろしまいにゃキレるぞ！」

「ご、ごめんなさい！」

文字をタップする親指が摩擦により発火しそうだけれど、構うものか！

俺はもうすでに愛という灼熱の炎に心を焼かれ、文字通り恋焦がれているのだ。

「あーくそ！　もっと可愛く書きたいのに！　一体どうすればいいんだ！　俺の文章力じゃ、世界一可愛い俺の妹を表現しきれない！　おい雫！」

「ひゃっ！　ひゃい！」

「お前可愛いすぎるんだよ！　どうやったらそんなに可愛くいられるんだよ！　犯罪だぞ！　お前は放火魔だ！　俺を恋焦がす魅惑の放火魔だ！　お前みたいな可愛い妹はこうしてやる！」

裸のままの雫を思いっきり抱きしめる。

こうしないともう心がどうにかなりそうだった。

「俺と一緒に燃え尽きようぜ……っ」

「ら、らめだよお兄ちゃんっ！　わたしたち、兄妹だよっ！」

「そんなこと、俺たちの燃え上がるような愛の前では些細な問題だ」

「で、でも……っ」

「お前はお兄ちゃんだけ信じていればいいんだ。それ以外のことなんて気にする必要はない」

そう言って、痛いくらいに抱きしめる。

「わ、我が生涯に一片の悔いなし……ドSお兄ちゃんさいこぉっ……！」

小さな声でそういう雫。

俺は耳はめちゃくちゃいいほうなのでバッチリ聞き取ってしまった。

まったくリアクションまで可愛いとは本当にとどまるところを知らない。

「……お兄ちゃんは、その、私に欲情すればするほど、良い文章がかけるの？」

「まぁそういうことだ。現に催眠義妹の二話目は一話目をはるかに超える勢いでエロ可愛くなっているしな」

スマホ画面を雫に見せる、その際も、俺の親指は止まらない。

「スマホを見ずによく改稿作業できるね……親指の動きが速すぎて残像が見えてるよ……」

「これもひとえに愛ゆえに」

「きゅんっ！」

裸の雫を抱きしめ、そしてそのまま瞳を見つめて、片手で小説を書き続ける。

薄い浴衣越しに、柔らかな肢体の感触を享受しながら、それを描写することも忘れない。

しばらくそうしていると。

「お兄ちゃん……さ、さむくなってきちゃったよ」

「ぐっ！　そうか、それは悪いことをした。いくら雫の裸の感触を堪能したかったとはいえ、お前の健康が害されることがあってはならないからな、ここは奥歯を噛み締めて砕く勢いで悔しいけれど、引き下がろう。ゆっくり湯船に浸かるといい」

抱きしめた腕を離そうとすると、雫は逆に抱きしめ返してくる。

「し、雫⁉　何を！」

「な、なら……お兄ちゃんも一緒にお風呂入ろうよ」

瞬間ッ！

戦慄ッ！

「そんなことが許されるのか……？」

あまりに意識外の提案。

俺は雫を神格化するあまり、同じ舞台で温泉を楽しむというシンプルな答えにさえ辿り着けなかったのだ。

「許されるよ……だって、取材だし……その、好き同士だもん」

火照った頬で、恥ずかしそうにそういう雫。

「あまりの可愛さに世界各国が雫を取り合って戦争をはじめないか心配になるほどだった。しかし、たとえ戦争になったとしても、国が相手だとしても、俺は雫を誰にも渡さない。その覚悟はあった」

「お、お兄ちゃん！　独白が声に出てるよ！」

「おっと失礼。雫があまりにエッチ可愛かったのでつい漏れてしまったようだ」

そう言うと、雫はうつむく。

「えっち可愛くないもん……お、お兄ちゃんが好きなだけだもん」

「そうか、俺も大好きだぞ。性的な意味で食べちゃいたいくらいにな」

「恥ずかしいセリフにもまったく怯まないお兄ちゃん最高すぎるよぉっ……！」

雫に入浴許可を出してもらったことだし、俺も生まれたままの姿になる必要があるな。

俺は浴衣を脱ぎ捨てた。

「ちょっと！　前隠してよ！」

雫は目を手で覆う。

しかし指の間からはしっかりと可愛らしいお目目がふたつのぞいていた。

「どう隠せばいいというのだ！　こんなにも可愛い妹の前で！」

「うぅ……っ！　なんで催眠術をかけた時よりも積極的なのよ……」

俺は軽く体を洗ったあと、雫の隣にゆっくりと浸かる。

湯船からお湯が溢れる。

少し熱いけれど、心地よい温もりが全身を包み込んだ。

お互い裸。タオルのような無粋なものは身に付けていない。

けれど雫は、手で胸やら何やらを隠している。

これは流石に兄として看過できない問題だ。

「雫、手を退けてくれよ。じゃないとその、おっぱいが見えないだろ？」

「見えちゃだめだから隠してるの！」

「見えなきゃ取材にならないだろうが！」

「そ、そうだけど」

「お兄ちゃんのために頑張るって言ったよな？　恥ずかしくても頑張るって言ったよな？」

「理性飛びすぎだよぉっ……！」

「理性が飛んだってかまわない！　俺はいつも雫のおっぱいを見たいと思っている！　正直な！」

「正直者すぎだよぉっ！」

今はなぜか理性がないけれど、俺は常日頃から雫のおっぱいを見たいと思っている。

好きな女の子のおっぱいを見たいと思うのは至極当然のことだろう。

「ど、どうしても、見たいの……？」

「あぁ。見たい」

「返事が男らしすぎるよ……！」

雫は、ゆっくりと手を動かす。

「うぅっ……」

お湯は無色透明。

邪魔な湯気なんてものはない。

雫が手をどかせば、まだ誰も到達したことのない未開の地が晒されることになるのだ。

濡れた髪。

恥ずかしそうに潤む瞳。

柔らかそうな頬。

整いすぎて逆に怖い印象さえ受けそうな顔立ち。

あまりにも美しすぎる。

そんな義妹が、今まさに、手をどかして自ら胸を俺に見せようとしている。

脳内は最高潮に盛り上がり、執筆速度は光の速さを超えようとしていた。

「雫……」

「な、何？　お兄ちゃん」

「最高に可愛いぞ……ぶふっ！」

「お、お兄ちゃんッ!?」

視界が赤く染まる。

俺は知恵熱と熱めの温泉によってのぼせ上がり、そして気絶した。

＊　＊　＊

カーテンの隙間から、朝焼けの光が溢れる。

鳥のさえずりと、風の音で、俺は目を覚ました。

「うう……あ、頭が痛い……」

時計を探すけれど見当たらない。

「今何時だ……確か俺は昨日、雫に改めて取材しようとしてそれで……っ」

柔らかいベッドから下りようと、体を起こすため背後に手を伸ばした。

すると。

「んぅっ……」

何やら柔らかいものに手が当たる。

振り向くと、羽毛布団を大事そうに抱き抱え、天使のような可愛らしい寝顔をした、雫がいた。

そしてその控えめな胸に、俺の左手が添えられている。

「ってえぇっ!?」

すぐさま左手を離す。

幸い、雫は目を覚ましていない。

「はぁ……」

雫にブチギレられる展開を回避したのはいいけれど、いつの間に夜が明けたのかもわからないし、雫と一緒に寝ていたという俺人生史上五本の指に入るであろうビッグイベントでさえ思い出せず、いまいち状況が掴めない。

俺は確か昨晩、雫に取材をして、さらにキャラクターの造形を深めようとして……それで……っ。

「だめだ……まったく思い出せない」

とりあえず頭痛がひどいので、水でも飲みたい。

それで雫が起きる前にゆっくりと状況を整理すれば良い。

何故か力が入らない足を無理やり立たせて、俺は備え付けの冷蔵庫へと向かう。

その道中。

部屋中央に置かれている机。

その上に置いてあるノートパソコンとスマホに視線が奪われる。

ノートパソコンは起動したままで、メッセージが表示されていた。

遠目でもわかる。差し出し人のアイコンは吉沢さんだ。

『二話目から五話目のキャラクターの描写の改稿作業。確認しました。かなり文章は荒いですけど、驚くほど良くなっていると思います。細かい誤字脱字は修正して、小説投稿サイトに二話目と三話目を投稿しております。おつかれ様でした。とりあえず今日はゆっくりおやすみください』

「きゃ、キャラクター描写の改稿作業……？　そんなの俺……」

していない。

そう呟こうとしたけれど、おかしなことにその記憶だけははっきりと残っている。

キャラクター造形。言動。動き。話の大筋は変えていないけれど、キャラに関しての細かい部分を俺は変えた。

文章が湯水……そう、まさに湧き上がる温泉のように溢れ、そしてそれを既存の原稿にぶつけたのだ。

俺はノートパソコンに表示されている原稿を読み込む。

細部に至るまで、思い出せる。

俺は世界で一番可愛い女の子をモデルに、一ノ瀬沫に関する描写すべてを改稿した。

「なんだこれ……俺、こんなの書けたのかよ……」

原稿を流し見するだけでもわかる。

自分で言うのもなんだけど、キャラクターの魅力が底上げされ、作品としての完成度が驚くほど大きく向上している。

原稿を閉じると、ｗｅｂ小説投稿サイト、そのランキングページが表示される。

「っ！」

目を疑う。

俺は弾けるように立ち上がり、雫の元へ駆け寄った。

「し、雫！　起きてくれ！」

「……んぅ、おにぃちゃぁん、そんなおっきぃのはいらないよぉ……」

「どんな夢見てんだよ！」

際どいセリフを吐く雫。夢の内容を言及したいところではあるけれど、今はそんなことをしている場合ではない。

文字通り奇跡が起きたのだ。

一人じゃ絶対に成し遂げられなかった。奇跡が。

俺は雫を大きくゆする。

しばらくして、雫の大きな二重の瞳が、ゆっくりと開いた。

「くぁ……っ」

寝起きな義妹は、まだ完全には覚醒していないようで、猫のように伸びをしたあと、かわいらしく小さなあくびをした。

「雫！　これ見てくれ！」

「んぅ？」

未だ寝ぼけている雫に、俺はノートパソコンを抱き抱え、奇跡が表示されているウィンドウを見せる。

日間ランキング一位
『毎日死ね死ね言ってくる義妹が、俺が寝ている隙に催眠術で惚れさせようとしてくるんですけど……！』　作者　市野青人

「えっ、か……勝ってる……」

「あぁ、そうだよ！　まだ勝負は決まっていないけど、りんこの作品に勝ってる！　俺のヒロインがまだ今日限定だけど、一位なんだよ！」

催眠義妹の下には、りんこの作品が五つ並んでいた。

どれもこれもが高ポイントで、アクセス数も圧倒的。

しかし、それを抑えて。


俺が書いた催眠義妹は、国内最大のｗｅｂ小説サイト、そのランキング一位に君臨したのだ。


「す、すごい！　すごいよお兄ちゃん！」

「わっ！　ちょっ！」

俺の胸に飛び込んでくる雫。

柔らかいベッドの上に二人で倒れ込んだ。

甘い香りが鼻腔をくすぐる。

少し気恥ずかしいけど、俺はそっと腕を回して、雫を抱きしめた。

「俺は……何も凄くないすごいのはお前だよ」

ただ書いただけなのだ。

ありのままを、見たままを、書いただけなのだ。

市ヶ谷雫という、俺にとって最高のヒロインを、俺は文章に出力しただけ。

たったそれだけのことなのだ。

そしてまだ、俺の表現は、追いついていない。

カタイモで描いたシズカよりも、催眠義妹で描いた一ノ瀬沫よりも。
この世界にいるどんなヒロインよりも。
俺の腕の中で嬉しそうに笑う、市ヶ谷雫のほうが可愛いのだから。
「雫……やっぱりお前は、世界で一番可愛いヒロインだよ」
そう告げると、世界で一番可愛い催眠義妹は、ぽっ、と顔を赤くして。
恥ずかしそうに、笑った。

エピローグ

雫のとの二人きりの温泉旅行からちょうど一ヶ月後。

夏休みは終わり、新学期を迎えていた。

今日は始業式が終わった後、そのまま編集部に寄って、制服を着たまま吉沢さんと打ち合わせの最中だ。

「とりあえずは、おめでとうございますと伝えておきましょう」

「ありがとうございます……！」

笹本鈴紀、もといりんことの新作小説勝負は、二十四ポイントというギリギリの差で、俺が書いた小説『毎日死ね死ね言ってくる義妹が、俺が寝ている隙に催眠術で惚れさせようとしてくるんですけど……！』が勝利を収めた。

りんこの小説は圧倒的に面白く、そして多数の読者の支持を集めた。

五作品全てのポイント数なら、俺は及ぶべくもなく大敗していたのだけれど、りんこは良くも悪くも五作品にポイント数が分散してしまい、一極集中の催眠義妹に負けてしまった。

本当のところ、俺の作品が伸びたのも、りんこの力が大きい。

りんこが五作品投稿してランキングを独占したその日。

あの笹本の新作が、五作品ただで読めるということで大きな話題になり、ｗｅｂ小説投稿サイトがいろんなＳＮＳでトレンド入りを果たしていた。

世間の話題をりんこの作品が一身に引き受ける中、催眠義妹は二話目の時点で一位を取ったのだ。

笹本鈴紀の名前が並ぶ中、催眠術だとか死ね死ねだとかそういう単語が長文タイトルに含まれる作品はいやでも目立つ。

一位をとった時のコメント欄はそれはもうひどいもので、こんなものが評価される投稿サイトは腐っているだとか、きもちわるいだとか、催眠義妹最高だろふざけんなだとか、とにかく荒れに荒れた。

見られれば、必然的にポイントを入れてくれる読者も増えるｗｅｂ小説投稿サイトの追い風にも乗り、いろんな幸運が重なって、俺はりんこに勝利を収めたのだ。

「出版枠は確保しましたが、油断はしないでくださいよ。むしろここからが本番なんですから」

「も、もちろんわかっていますよ！」

とは言ったものの、正直ニヤケ顔が抑えられなかった。

俺は催眠義妹の執筆中に、雫を取材と称していろんなところに連れて行ったし、勉強会だとか理由をつけて、夏休み中遊びに遊び倒したのだ。

もちろん小説を書く手は緩めていない。

むしろ前より書く量は増えているくらいだ。

そんな具合で公私共に絶好調、今日も帰ってから雫と祝勝会をする予定だ。

「……吉沢さん」

「なんですか？　のろけ話ならもう聞き飽きましたよ」

「ち、違いますって！　……その、りんこの様子は……どうですか？」

実のところ、りんことは打ち合わせ室で宣戦布告をされて以来、一度も会っていない。始業式にも来ていなかったし、りんこの家に顔を出そうと思ったけれど、その行動は彼女を傷つけてしまう可能性があるため、動けずにいた。

勝負の最中に編集さんを通して様子を聞くのも、なんだか変な感じがしたので、終わった今、こうして理由を聞いているというわけだ。

「笹本先生とは、まだ連絡がとれていないみたいですね」

「……そ、そうなんですか」

「編集部としては、笹本先生の投稿されていた五作品、少し先にはなりますが全て書籍化してもまったく問題ないと思っているようです。まぁあのクオリティなら納得でしょう。私たちのレーベル以外からもおそらく連絡が多数入っているはずです。それほどまでに彼女の作品は面白かった。そういった話も含めてお伝えするために笹本先生の担当が電話やメールなどで頻繁に連絡を入れているみたいなんですけど、ここ一週間、まったく連絡がとれないと嘆いていました」

「…………」

「余計なことは考えてはいけませんよ。あなたは幼馴染よりも、義妹を選んだんですから。軽率な行動は彼女を苦しめますよ」

「……わかっています」

りんこの書いている小説の内容。

俺みたいな鈍感男でもわかる。

誰をモデルにして、何をテーマにしていたのか。

俺は、りんこ対して簡単に声をかけていい立場ではない。

そんなことはわかっている。

それでも、心配せずにはいられなかった。

りんこは親友と呼んでも差し支えないくらい、俺にとっては大切な存在。

「それでは、今日の打ち合わせはこれにて終了です。来週は書籍化に合わせて催眠義妹のイラストレーターさんの打ち合わせをしましょう」

「ということは……誰か候補がいるんですか？」

「います。というか知名度的にも画力的にもその人しかいないと私は思っています」

「へぇ……そんな人がよく見つかりましたね」

「いえ見つけていません。向こうから声をかけられました。何故か、無償でもいいから市野先生の作品のイラストを描きたいと、市野先生に会わせろと編集部に連絡が来たんです」

「……その人、だ、大丈夫なんですか？」

「私もまだ直接話してはいないので、詳しい話はまた来週しましょう」

「わ、わかりました」

こんなに早くイラストレーターさんが決まるのは嬉しいことだけど、自ら立候補なんて……。自分で言うのもあれだけど、俺の作品のイラストを描きたいなんて人がまともなはずあるわけないと、そう思ってしまう。

いろいろと心労は重なるけれど、とにかく書籍化は確約した。

また今日から頑張ろう。

「つと……」

そう決意して立ち上がるけれど、少し立ちくらみしてしまう。

「大丈夫ですか？」

「いや……少し改稿作業で寝不足でして……」

「はぁ……帰り道事故にあっても困るので、仮眠室で休憩をとってください」

「いやでもこれくらいなら……」

「これは命令です。市野先生は今は私の金ヅ……失礼、出世のための道具なので、壊れてしまっては困るんです」

「今金ヅルって言いかけたよね？　あと訂正した後のほうがひどくなるのはわざとなんですか？」

吉沢さんは少し笑って、打ち合わせ室を後にする。

まぁ、心配してもらえていると前向きにとらえよう……。

俺は打ち合わせ室を出て、廊下を進み、編集部備え付けの仮眠室、その一室を借りる。

ベッドの上に仰向けになり、洗い立ての布団にくるまると、数分とたたず眠気は襲ってきた。

＊＊＊

「あ……っく……」

微睡の中、聞き覚えのある声。

「つく……ん」

体にのしかかる柔らかな重み。

「あっ……くん、おき……て」

嗅いだことのある匂い。

「あっくん。起きて」

冷たい、幼馴染の声。

俺は、ゆっくりとまぶたを開ける。

「寝起きだね、これを見て」

りんこは笑っていた。
なんでもお前がここに……？
そう聞く前に、視界に入る金色の物体。

揺れる、五円玉。

「あっくんは、私のことがだけが大好きになる」

染みる言葉。

俺は前にも、この感覚を味わったことがある。

「し、ず……く……」

「最後の言葉がそれなんだね。本当に、最悪。でもいいよ。あっくんはもう私の物なんだから」

混濁する意識の中。

幼馴染の声だけが、脳内を反響する。

しばらくして。

俺は意識を失った。

《了》

あとがき

はじめまして、田中ドリルと申します。はじめましてではない方は、九月下旬ぶりですね。

皆様の応援のおかげでこうして催眠義妹二巻を刊行することができました。本当にありがとうございます。

私としては、わがまま放題の雫が、ようやく自分と向き合う瞬間や、純情で腹黒なかわいらしいりんこをかけて満足していますが、いかがだったでしょうか?

少しでも楽しんでいただけたら、これ以上の幸せはありません。

小説二巻もそうですが、三月十五日に催眠義妹コミカライズ第一巻も発売しております。

原作も作画も、ありがたいことに私が担当しております。

ラノベ作家が漫画を描くという、なんだかおかしな作品ではございますが、小説にはない展開や要素もたくさんありますので、ぜひ読んでもらえるとうれしいです。

漫画版催眠義妹を書くにあたって、画力不足や、漫画を初めて連載したのもあって、いろいろな問題が発生しましたが、それを補って余りあるほど楽しくて、催眠義妹を書いている間は、本当に一瞬で時間が溶けているような感覚でした。

死ぬほど楽しんで描いた漫画版『毎日死ね死ね言ってくる義妹が、俺が寝ている隙に催眠術で惚れさせようとしてくるんですけど……!』

雫というキャラクターに向き合って書いた小説版『毎日死ね死ね言ってくる義妹が、俺が寝ている隙に催眠術で惚れさせようとしてくるんですけど……！』

どちらも全力を尽くして書きました。どうぞよろしくお願いいたします。

最後になりましたが、この本を作るにあたって、協力してくださったすべての方々、本当にありがとうございました。

さらに成長し、面白い物語を作り、そして恩返しができればと思います。

田中ドリル

毎日死ね死ね言ってくる義妹が、
俺が寝ている隙に催眠術で惚れさせようとしてくるんですけど……!
原作&漫画
田中ドリル
キャラクター原案 らんぐ
ドタバタ催眠ラブコメディ、原作者・田中ドリル自らがコミカライズ!
コミック版1巻好評発売中!
コミックポルカ
COMICPOLCA
©Tanaka Doriru/ HIFUMI SHOBO ©SANKYO

ブレイブ文庫

仲が悪すぎる幼馴染が、俺が5年以上ハマっているFPSゲームのフレンドだった件について。2

著作者:田中ドリル　イラスト: KFR

舞台は全国大会！
世界の強敵とのバトルへ！

わたしが
勝ったら、
しんたろ、
わたしの
もの…

プロゲーマーを目指すシンタローは、正体不明のゲームのフレンド――2Nの正体が仲が悪すぎる幼馴染の奈月だと知ったことをきっかけに、腹黒配信者のベル子やガチホモのジルクニフといった個性豊かな仲間とチームを組み、eスポーツの全国大会優勝を狙う。ゲスト枠で参戦するのは海外の有名ゲーマーたちばかり！　優勝を手にするのはいったいどのチームなのか!?　そしてシンタローの恋人の座を射止めるのは誰なのか!?

定価：760円（税抜）

BRAVENOVEL
ブレイブ文庫

毎日死ね死ね言ってくる義妹が、俺が寝ている隙に催眠術で惚れさせようとしてくるんですけど……！2

2021年3月25日　初版第一刷発行

著　者　田中ドリル

発行人　長谷川　洋

発行・発売　株式会社一二三書房
〒101-0003 東京都千代田区一ツ橋2-4-3
光文恒産ビル
03-3265-1881

印刷所　中央精版印刷株式会社

ISBN 978-4-89199-698-7